東海
風の道文庫
KAZENOMICHI-BUNKO

乱歩と名古屋

地方都市モダニズムと探偵小説原風景

Syoko Komatsu
小松史生子

風媒社

プロローグ

　乱歩と東京、乱歩と大阪、乱歩と名張――近年の都市と文学の相関性について研究が進む途上で、乱歩と関わりの深い都市が注目されてきた。上記三都市と乱歩、および乱歩作品とのリンクは、これまでさまざまな角度から紹介され、検討されてきている。

　しかし、乱歩が多感な少年時代を一番長く過ごした土地である名古屋については、残念ながらそれほど多く語られているわけではない。これはいったいなぜなのか？　言及するに足る資料が遺っていないためなのか？　否、資料は現時点でもなかなかにそろっている。乱歩自身が名古屋についてたびたび言及しており、それはエッセイや小文のかたちでいまに残されているし、手がかりは充分だ。さらに、乱歩の父・平井繁男は当時、名古屋の有力な実業家と繋がりをもち、そちら方面からのアプローチも可能である。だから、乱歩と名古屋の関係が、これまであまり顧みられなかったのには、何か他の要因があるに違いない。しかし、それが何であるのかは、しかと言い解くことはできない。なにか、曖昧模糊とした、オブラートに包まれた〈乱歩と名古屋〉というテーマが、目先にチラチラと揺曳《ようえい》するばかりである。

「名古屋という街の特殊性」——そういう言葉で紋切り型に言い切ってしまうのも考えものだ。街には、どこの街であれ、それぞれその街固有の色があるだろう。とはいえ……或いはもしかしたら、名古屋はその固有性というものに一種独特の揺らぎをもっているのかもしれない。東と西の文化圏に挟まれ、双方の文化を吸収、もしくは回避することのできる土地——革新と保守、そのどちらの形態をも時に応じて、必要に応じて取ることのできる土地。

乱歩はしばしば、〈時代と寝た作家〉と呼ばれることがある。乱歩作品の流れを見れば、その時代時代において、時流を適切に観察し、巧みに作品に取り入れて呆れるほど見事にスランプを乗り切っている傾向がたしかにある。が、しかし、その一方で、かたくなに時代を拒否する裏面をも、乱歩作品は強くにじませているのだ。その葛藤は、乱歩自身の生き方についても同様だった。そして、そのような乱歩の矛盾を抱えた感性を育んだ要因のひとつに、名古屋という都市が当時表現していたモダニズムとの関係性を照射することができはしまいかと、私は考えたものである。

おそらくは、この視点による研究は、未だ道遥か遠しといったところだろう。それでも、乱歩作品の成立を考察するうえで、視野に取り込まねばならない大切なテーマ軸であると思われる。本書は、未だその端緒についたに過ぎない。本書がこのテーマについて、なにがしかの興味と関心を喚起するきっかけになり得たなら、幸いである。

小松史生子

二〇〇六年九月十八日

乱歩と名古屋——地方都市モダニズムと探偵小説原風景【目次】

第3章　原っぱの中の人工楽園　85

第4章　活字へのフェティシズム／映画の夢　129

エピローグ　ふたたび大須ホテルへ　179

明治43年ごろの名古屋
栄町交差点
名古屋商業会議所
鶴舞公園
(共進会会場)
名古屋監獄
中央線
新堀川
東海道線
第八高等学校
第五中学校

「名古屋市実測図」明治 43 年発行
（前田栄作氏提供）

第１章

浅草崩壊／大須の寂れ

『押絵と旅する男』喪失事件

乱歩と名古屋——この希代の探偵作家と日本三大都市の縁について語り始めようとする際、もっとも印象深いエピソードとはいったい何だろうか。

幼年時代、乱歩が十七歳までを過ごした、その人格形成の過程だろうか。

それとも、小酒井不木[1]との交流が生んだ、探偵小説合作組合・耽綺社[2]の話だろうか。

たしかに、右の話題は、乱歩と名古屋の結びつきを紹介するうえで、一番手っ取り早い解説となろう。しかし、もしこの〈乱歩と名古屋〉という本書の主題をいま少し広い意味で、かつ、時代／都市／文学という視野のもと描き出そうとするなら、おそらくは、まずいっとう最初に紹介しなければならないエピソードは、次のものとなるだろう。

（1）**小酒井不木**（1890-1929）愛知出身の医学者、探偵小説作家、探偵小説評論家。東京帝国大学で医学を修めた傍ら、探偵小説に関心を寄せ、江戸川乱歩のデビュー作『二銭銅貨』を推奨した。名古屋に居を定め探偵小説界に多大な貢献をするも、年来の喀血の病状が進み、昭和四年急性肺炎にて死去。乱歩によって『小酒井不木全集』（改造社）が編まれた。

（2）**耽綺社**　昭和二年当時、名古屋に居を構えていた小酒井不木・国枝史郎によって呼びかけられた探偵小説合作組織。乱歩の他に、土師清二、長谷川伸、平山蘆江が参加。「残されたる一人」（「サンデー毎日」昭和二年十二月十八日号）を最初に、以後、様々な

その年の『新青年』[3]の増大号で、私はズラリと探偵小説を並べたいと思った。それにはしかし江戸川さんに書いて貰わなければなんにもならないのだが、当時、江戸川さんはぴたっと筆を断ってしまって何も書かなかった。

しかも私がこういう企画を立てゝいるころ、江戸川さんは京都へ旅行中だった。一晩、水谷準[4]君のところで酒を飲みながら、私が苦衷を打明けたところ、水谷君が、

「それじゃ、すぐに京都まで追っかけていってごらん。あんたがわざわざ出向いていったら、乱歩さんだっていやとはいうまい」

と、小遣いのなかから旅費まで貸してくれたので（中略）私はその足で京都まですっとび首尾良く宿屋に寝込みを襲ったのである。（中略）二、三日京都にネバって、なだめつ、すかしつ、おどしつ、あらゆる手段をつくした揚句、

「それじゃこうしよう。僕はこれからまだひと月ほど旅をするつもりだが、帰りには名古屋の小酒井不木氏のところへ寄るつもりであ

ジャンルのメディアに作品を提供した。乱歩は、不木の強い勧誘により参加したが、「探偵小説は合作に向くのか」という疑問を常に抱いていた。

（3）**「新青年」** 大正九年創刊の探偵小説専門雑誌。創刊当初は、青年の海外雄飛を奨励する雑誌だったが、編集長森下雨村のもと次第に海外の探偵小説紹介に力を入れ始め、やがて日本初の本格的な創作探偵小説の発表メディアとなる。

（4）**水谷準**（1904-2001）函館出身。探偵作家の久生十蘭、谷譲次は函館中学の先輩。早稲田高等学院在学、「探偵趣味」の編集者を経て、昭和四年に「新青年」の第四代編集長に就任、同誌を洗練された

る。君もそこへ来てくれ。旅行中に書いておいて渡すから」

　ということになって、私は鬼の首でもとったようなつもりで東京へ引きあげた。ところが打合わせしてあった日に、名古屋まで赴いて小酒井先生のところで落合うと、何んと、とうとう書けなかったという返事、その時の私の失望落胆ぶりを御想像下さい。（中略）私はしばしば沈思黙考、長大息をしたことだが（中略）その晩、江戸川さんと二人で名古屋の宿屋へ泊ったのだが、枕を並べて寝ていた江戸川さんが、むっくり起きて鞄の中をゴソゴソ探していたが、やがて便所へいった。そして再び部屋へかえって来て曰く。

「実は僕、書いていたんだよ。しかし、あまり自信がないから小酒井さんのまえで出しかねたのだ」

　私は驚喜して蒲団からはね起きた。

「それじゃそれを下さい。さっきのことは電話をかけて取り消すから」

「ところが、今便所の中へ破って捨てゝ来た」

　ところが諸君、その時、江戸川さんが便所へ捨てた小説というの

メンズマガジンに変え、名編集長として多数の探偵小説家を発掘、育成した。昭和十二年に編集長を一時退くが、昭和十四年六月号から第二次世界大戦終了まで編集長を務める。そのため、戦後は公職追放された。昭和二十六年、「改造」に発表した「ある決闘」により翌年第五回探偵作家クラブ賞を受賞。平成十三年に肺癌により死去。

が、後に乱歩ファンを驚喜せしめた「押絵と旅する男」なのだから、私は今でもこのいきさつを思い出すと、穴へ入りたいのである。

右の文章は、終生変わらず乱歩の盟友であり続けた横溝正史(5)による回想録『探偵小説五十年』(昭和四十七年)に収められた、「代作ざんげ」からの抜粋である。昭和二年当時、雑誌「新青年」の編集長であった横溝は、ちょうどその時期スランプ状態にハマりこんでまったく小説を発表しなくなった乱歩を追って、その放浪の旅を追跡した。

乱歩は、東西朝日新聞に連載した自作『一寸法師』(大正十五年)への烈しい自己嫌悪から、筆を投げ捨て、居所もつまびらかにせぬまま、京阪神を彷徨中だった。これは憶測でしかないが、ここで横溝に捕らえられなければ、或いはそのまま乱歩は作家稼業を廃業していたかもしれない。横溝に京都で捕まってしまったときには、乱歩も内心、非常に困惑したであろうことは言うを待たない。その結果が右のような次第となったわけだが、このとき大須ホテル(6)の便所に流されてしまったという作品が、のちの傑作『押絵と旅する男』(昭和四年)であったという経

(5) **横溝正史**(1902-1981) 神戸出身の探偵小説作家。幼馴染みの西田政治とともに神戸の古本屋の探偵小説を読みあさり、「新青年」へ投稿。大正十年、『恐ろしき四月馬鹿』でデビュー。以後、モダニズム風味の作品、鬼気迫る耽美作品などの変遷を経て、戦後の昭和二十一年、『本陣殺人事件』で戦後を代表する名探偵・金田一耕助を生み出す。

(6) **大須ホテル** 名古屋市大須にあったホテルで、現在は失われている。もとの旭遊郭の遊女屋を改造した旅館であったらしく、乱歩の定宿であった。

緯は、なかなかに象徴的である。

『押絵と旅する男』は、魚津(7)へ蜃気楼を見に出かけた「私」が、上野へ帰る夕方の汽車の中で不思議な老人と会合し、彼が持参している押絵にまつわる奇怪な話を聞かせられるという物語である。押絵の中に入り込んでしまった数奇な運命の男というアイデアも優れてはいるが、この作品はそうしたピグマリオニズムのエロスが眼目というよりも、むしろ物語の背景として設定された〈明治の浅草〉を語る回想文体にこそ生命がある。

顔中皺だらけであり、押絵の中の人物と瓜二つであるとされる不思議な「老人」は、「私」を相手に明治二十八年の浅草の情景から語り出す。

　それはもう、生涯の大事件ですから、よく記憶しておりますが、明治二十八年四月の、兄があんなに（といって押絵の老人をゆびさし）なりましたのが、二十七日の夕方のことでございました。当時、私も兄も、まだ部屋住みで、住居は日本橋通三丁目でして、おやじは呉服商を営んでおりましたがね。なんでも浅草の十二階ができて

（7）魚津　富山県魚津市。乱歩『押絵と旅する男』の冒頭の舞台となり、古来から蜃気楼で有名な土地。

間もなくのことでございましたよ。

乱歩独特の、思わずに聞く者を惹き込む絶妙な語り口で、回想は始まる。

あなたは、十二階へお登りなすったことがおありですか。ああ、おありなさらない。それは残念ですね。……その頃の浅草公園といえば、名物がまず蜘蛛男の見世物、娘剣舞に、玉乗り、源水のコマ廻しに、のぞきからくりなどで、せいぜい変ったところが、お富士さまの作りものに、メーズといって、八陣隠れ杉の見世物ぐらいでございましたからね。そこへあなた、ニョキニョキと、まあとんでもない高い煉瓦造りの塔ができちまったんですから、驚くじゃござんせんか。高さが四十六間と申しますから、一丁に少し足りないくらいの、べらぼうな高さで、八角型の頂上が唐人の帽子みたいにとんがっていて、ちょっと高台へ登りさえすれば、東京中どこからでも、その赤いお化けが見られたものです。

まさに実際目の当たりにしてきたような説得力ある解説であるが、実のところ乱歩が浅草に遊び、凌雲閣を上ったのは、明治四十五年に親元を離れ早稲田大学経済学部予科に入学して以降である。すなわち、『押絵と旅する男』で描写された浅草凌雲閣の風景は、おそらくは管見した明治文献などに見える資料に、乱歩自身が体験した大正期の浅草の記憶を実感として挿入し、それを「明治二十八年」という年代に設定して用いたのである。ちなみに、浅草十二階——すなわち凌雲閣が建設されたのは、明治二十三年。作中で頻出する「十二階」という通称が正式名称に用いられるようになったのは、明治四十五年以降である。

とすれば、この明治二十八年という時代設定は、いったいどういう意味合いがあるのだろうか？　或いは、作者自身がはっきりとした意図をもっていなかったとしても、この年代設定から私たち読者がおぼろげに察知できる乱歩の心象風景は、どのようなものであると言えるだろうか？　そして昭和二年、スランプに陥って各地を放浪して回った乱歩が、この作品を名古屋は大須ホテルという地点で、文字どおりいったん水泡に帰してしまった事実には、どのような因縁があると見ることができるだろうか。

浅草のロビンソン――その原点は名古屋に

乱歩が『押絵と旅する男』を流してしまった大須ホテルは、現在ではその跡をとどめないが、もともとは遊郭として使用されていた建物だったらしく、のちに遊郭が中村（現在の名古屋市中村区）へ移動した際に旅館に転用されたものと見られる。

この大須ホテルという旅館は、昔その土地に遊郭があったころ、一番大きな遊女屋だった建物を、そのまま旅館にしたもので、この写真の部屋はその大きな建物の最も奥まったところにあり、八畳に三畳か四畳の次の間がついていた。長谷川伸[8]さんの説によると、これは遊女屋時代の「トヤ部屋」というもので、永わずらいの遊女を

（8）**長谷川伸**（1884-1963）横浜出身の小説家、劇作家。明治四十四年から都新聞社（現東京新聞）の演芸欄を担当する記者。大正三年前後に「講談倶楽部」や「都新聞」に山野芋作のペンネームで小説を発表しはじめ、大正十一年以降、長谷川伸のペンネームで作品を発表するようになる。大正十四年、乱歩も加わっていた大衆文芸を振興する「二十一日会」の結成へ参加。大正十五年都新聞社を退社後、作家活動へ専念した。また主宰していた文学学校（勉強会）の門下生には、村上元三、山手樹一郎、山岡荘八、戸川幸夫、平岩弓枝、池波正太郎らがおり、後世への大衆文芸活動を支えた。

とじこめておく部屋だったらしいのだが、なにか陰惨の気が漂っていて、むかし心中でもあったのではないかという感じが、かえって私を引きつけたのであろう。ほかの客部屋から遠くはなれてシーンと静まりかえったこの陰気な部屋を、私は自分の部屋ときめて、いつもそこに泊ることにしていた。

右は、随筆集『わが夢と真実』（昭和三十二年）に収録された、耽綺社の思い出に関する乱歩自身の文章で、文中の「この写真」というのは、昭和四年に大須ホテルで開かれた耽綺社の会合を写した写真のことである。続けて、乱歩の文章を読んで

昭和 3 年夏、名古屋市寸楽園にて耽綺社の合作会。左から、長谷川伸、国枝史郎、江戸川乱歩、土師清二、小酒井不木、岩田準一（書記）、平山芦江（『探偵小説四十年』〔沖積舎、1989 年〕から転載、下の写真も）

昭和 4 年夏、名古屋市大須ホテルでの会合。右から三番目が乱歩

いってみよう。

この写真よりはずっと前の、まだ寒いころであった。私はこの部屋に一人っきりで寝ていて、なぜか真夜なかに、ふと目がさめた。部屋のすみにびょうぶが立ててある。そこに描かれた支那美人の立ち姿が、スーッと動いたように見えた。私はめったに怖がらない性格だが、そのときだけはゾーッと怖くなった。すると、私の耳にゾーッというムカデのはうような音が聞こえて来たのである。

その音で私は一層おびえたが、しばらくして、音の出所がわかった。私の不精ひげが、怖さに逆立って、かぶって寝ていた蒲団のえりのビロードをこすったのである。恐怖を感じると毛が逆立つこと、それが何かにさわればゾーッという音を立てることを、そのときはじめて実験した。そして「ゾーッとする」という言葉のいわれを悟ったのである。ほんとうにお化けが出たのではないけれども、ゾーッとするほど怖かった部屋である。

しかし、私は部屋を変えはしなかった。そののちも同じ陰気な部屋を愛用していた。

不気味きわまりない回想であるが、その暗くよどんで因縁めいた……というのは、つまり、物語的想像力を刺激されるということでもあるが、そうした鬱々とした空間が、スランプに陥って鬱々と晴れやらぬ気持ちを抱いていた当時の乱歩の、行き所のない気持ちと呼応しあったのだろう。

大須に旭遊郭（旭廓《あさひくるわ》）が設置免許される以前、明治六年に、場所は大須観音北、日の出町のあたりに遊郭ができ、「北野新地」と呼ばれた。それから明治九年に、大須観音裏の若松町、花園町、東角町、音羽町、富岡町、城代町、常磐町、吾妻町の一帯が「旭遊郭」として免許され、「北野新地」は消滅。この旭遊郭が、岡崎伝馬および松屋遊郭と時期を合わせて移転を告示されたのが大正八年四月十九日。以後、大正八年〜十二年にかけて愛知郡中村（現在の中村区）へ移転し、中村遊郭として全国的に有名となった。したがって、乱歩が放浪の旅にさまよい名古屋を訪れた昭和二年当時は、遊郭は中村へ移った後で、大須の旭廓は全盛

旭廓常盤町（松山昌平氏提供）

の残り香を漂わせるうらさびれた雰囲気だったに違いない。

小酒井不木の残した文章から、そのころの旭遊郭界隈の空気を辿ってみよう。


東京の浅草、大阪の千日前、京都の新京極、それに匹敵するのが名古屋の大須である。そこには金龍山浅草寺ならぬ北野山真福寺(9)があつて、俗にこれを梅ぼしの観音といふ。梅ぼしとは、『おゝ酸！』(大須)といふ駄洒落だが、実は先年まで、観音堂の裏手に『大酸』ならぬ『大あま』旭遊郭があつて、大須の繁昌したのは、半ばそのためであつた。旭遊郭は今の中村に移転したのだが、その当座、遊郭を飯の種として居た人たちは、この先どうなることかと蒼くなつたけれど、観音様の御利益は、『刀刃段々壊』で、だん〳〵よくなつたなどゝいふのは罰当りな駄洒落かも知れない。

(中略)

大須といへば縁日を思ふ。香具師はやつぱり大須を中心として活動して居るのだが、これももう追々すたれて、珍らしい芸は見られ

(9) **北野山真福寺** 正式名は北野山真福寺宝生院。南北朝時代に今の岐阜県羽島《はしま》市に創建され、慶長十七年に大須に移転された。通称「大須観音」。節分会や人形供養など年間通じておこなわれる催し物の際には、多くの人で賑わう。日本最古の古事記写本（国宝）や将門記（重要文化財）をはじめ、和漢の古文書約一万五千点を収蔵する真福寺文庫（大須文庫）があることでも有名。

なくなつた。昔は夜の大須は、到底広小路などの及ぶべくもないほど活気があつたものだが、遊郭がなくなつてからは、げつそりと寂しくなつた。観音堂裏は、昔の不夜城の入口で、今僅かに玉ころがしや空気銃、夏向きには鮒釣りなどで、職人肌の兄貴連を引きつけて居るが、弦歌のひゞきぱたりと絶えて二三の曖昧宿に、臨検におびえながら出入をする白い首が闇にうごめくだけではたゞもう淋しさの上塗りをするだけである。

スケツチでなくて何だか懐旧談のやうになつてしまつた。けれども、明治末期に生まれたモダン・ボーイならざる限り、現在の大須をながめては、その昔大須にあふれて居た名古屋情調を顧りみて惜まざるを得ないのである。さうして一たび旧名古屋情調をしのびはじめたならば、今の名古屋で、だん〳〵勢力を得て来たモダン・カフエーへは、ちよつと、はいる気がなくなるのである。

（小酒井不木「名古屋スケツチ」昭和三年）

昭和三年に「日本及び日本人」に掲載された右の文章は、旭遊郭移転後の大須の寂れかたを簡潔に描写しているが、不木によってこのように描写された当時の大須界隈は、乱歩が愛惜を込めて何度も繰り返し描いた浅草の風景と、なんとよく似通っていることか。

この不木の「名古屋スケッチ」と、例えば乱歩の小説『猟奇の果』（昭和五年）の冒頭部分を並べてみれば、その描写に相通じる視点は顕著である。

> 愛之助は、十二階を失い、江川娘玉乗りを失い、いやにだだっ広くなった浅草には、さして興味を持たなかった。しいていうならば、廃頽安来節[10]と、木馬館[11]と、木馬館及び水族館の二階の両イカモノと、公園の浮浪者群と、そしてこのストリート・ボーイたちとが、わずかに浅草の奇怪なる魅力の名ごりをとどめているのだ。そういうもののかもし出す空気が、やっと二た月に一度ぐらいの程度で、彼の足を浅草へ向けさせた。

冨田均の言[12]に拠れば、浅草が一大盛り場としての面目を衰微させ始め

（10）**安来節**　もともとは島根県の民謡で、どじょうすくいの唄として知られている。安来市は古来から鉄・米の積出港として栄え、元禄の頃に北前船の船頭たちによって、全国の追分、おけさなどの民謡や、田植歌、船歌などが盛んだった。それに独創性を加えた「さんこ節」をさらに改良して、安来節の原型ができたといわれている。江戸末期には、周辺の音楽の影響を受けながら「安来節」として変化・成長していき、明治に入ると「月の輪まつり」で夜通し町内を唄いながら練り歩き、人々の生活にも深く結びついていったとされる。明治の終わりごろには、渡部お糸という唄の名手が現れて評判になり、安来節の正調保存と振興を図るため「正調安来節保存

るのは、昭和六年以降のことであるとされる。右の『猟奇の果』の文章は、したがって、浅草衰微の徴候が画然とする直前に書かれたものと言える。

浅草の衰微を、十二階の喪失で象徴させる論理は、この高層の建物が視点のカラクリを有して、〈見る／見られる〉の関係性から「美女を高所から覗き見る」――すなわち、奥山に控えた吉原遊郭の存在を暗に支えとして、人々に娯楽を提供していた事実を示している。娘玉乗りという、性的興奮を喚起せしめる芸が取り上げられているのもそのためであり、その事情は、不木が同じく「曖昧宿に出入りする白い首」を記した名古屋大須の衰微と共通している。つまりは、浅草にしろ大須にしろ、こうした衰微は遊郭を控える寺町門前に栄えた娯楽地の宿命であり、『名古屋市史』が記すとおり、名古屋大須は東京浅草と地方的相似をなす場所であることは間違いない。

そして、乱歩がこの相似を確かに意識していたことも、まずは疑いないだろう。例えばこの『猟奇の果』の主人公である青木愛之助は、「名古屋市のある資産家の次男」で、「当時三十歳になるやならずの青年で

会」が設立された。お糸はレコードを出したり、三味線の富田徳之助と一座を組んで全国を回って、安来節の黄金時代を築いた。ちなみに名古屋にも「名古屋安来節」がある。乱歩は作品中でたびたび安来節を登場させ、愛顧している。

(11) **木馬館** 浅草花やしきに設置された日本初のメリーゴーラウンドとして有名。幾多の小説に描かれ、萩原朔太郎が愛したことでもよく知られる。

(12) **冨田均の言** 『乱歩「東京地図」』六〇ページ（作品社、一九九七年）

あった」とされるが、この乱歩自身の経歴を写したような設定が、如実にその間の事情を物語っている。

『猟奇の果』が、乱歩の内面に於ける大須と浅草を述べる際にユニークな資料となる所以は、主人公愛之助が名古屋を実家としつつ東京に別宅をもつという設定が繰り返し強調される点と、かつこの小説のモチーフがドッペルゲンガーを扱っている点に求められる。つまり、前者においては東京と名古屋という二つの都市の構造が、後者においては二つの場所に同時に現れるというアリバイが主眼となっていて、どちらにも共通するテーマとして〈存在の二重性〉が導き出されるのだ。

　実のところ、作中に名古屋という土地がはっきり現れ、しかもその名古屋という都市が物語機構に何らかの作用を果たしていると思われる乱歩作品は、この『猟奇の果』以外にはそうそう見当たらない。しかも、ここでいう作用とは、物語を有機的に構成する作用ではなくして、むしろ取り繕いようのない破綻を呼び込むために作用しているらしい点が、非常に興味深いのだ。ここで少し、『猟奇の果』という作品の梗概を紹介しておこう。

〈『猟奇の果』梗概〉

名古屋の資産家の次男として、東京に別宅を持つほど経済的に恵まれた悠々自適な青木愛之助は、それだけに暇と退屈をもてあましていた。そのため、生活に刺激を求めて、さまざまな猟奇の催し事に力を入れる日々だったが、そんなある日、上京して訪れた九段坂の招魂祭で、見世物小屋に入る親友・品川四郎を目撃する。科学雑誌編集長である品川の奇行に好奇心をもった青木は、彼を尾行する。ところが、その品川は九段坂の石垣に掏摸《すり》取った財布を隠し、しかも声をかけた青木をまったく認知しない。青木は不審に思ったが、後日確かめると品川にはアリバイがあった。そのうちある映画に偶然映った顔から、どうやらこの世に品川四郎に瓜二つの別人がいるらしいことが判明する。

怯える品川に対して、青木は猟奇的好奇心を燃やすが、やがて名古屋の実家近くの鶴舞《つるま》公園で逢い引きする男女を目撃し、その一方が品川（或いは品川似の別人）、そして女の方がどうも自分の妻の芳江らしいことに気づき、逆上する。偽物の品川は、さまざまな場所に出没し、犯罪に手を染め、また青木の妻を不倫に引きずり込んでいるのではないか――疑惑にかられた青木は、上京したある夜、偶然見かけた品川の偽物を尾行し、東京郊外の空き家の洋館に忍び込む。芳江がいるのではないかと思いこんだ青木は、思わず嫉妬のあまりピストルで品川の偽物を殺してしまう。

殺人の罪に怯えた青木は、浅草公園で知り合った青年の勧誘に従って、吉原近くの木賃宿から自動車で連れられ、怪しげな地下の科学実験室に入れられる。そして……。

以上が前半。後半はガラリと雰囲気も文体も異なって、明智小五郎(13)が登場し、顔面改造術をめぐる犯人組織と明智のチェイスが主眼となり、そして名古屋はもう物語舞台に登場しない。『猟奇の果』のこの前後編の断絶ぶりは、すでにいろいろな方向から解説がほどこされているが、本書ではここを、〈明智小五郎登場とともに消し去られた名古屋〉という観点で見てみたいと思う。

(13) **明智小五郎** 江戸川乱歩が生み出した日本一有名な私立探偵キャラクター。大正十四年の『D坂の殺人事件』でデビューしてから以後、日本のフィクション探偵の代名詞となる。大正期はよれよれの袴に兵児帯といった書生ふうの風俗で登場するが、昭和五年『蜘蛛男』事件から洋行帰りのバリッとした青年紳士のいでたちに転換し、別人の観がある。

東京と名古屋——都市のアリバイ小説『猟奇の果』

なぜ明智小五郎登場とともに、物語舞台から名古屋が消去されたのか？

実は、この疑問に対する解答の手がかりは、先に引用した小酒井不木のエッセイに暗示されている。不木のエッセイ『名古屋スケッチ』の左の箇所である。

スケッチでなくて何だか懐旧談のやうになつてしまつた。けれども、明治末期に生まれたモダン・ボーイならざる限り、現在の大須をながめては、その昔大須にあふれて居た名古屋情調を顧りみて惜まざるを得ないのである。さうして一たび旧名古屋情調をしのびはじめたならば、今の名古屋で、だんだん勢力を得て来たモダン・カフエーへは、ちょっと、はいる気がなくなるのである。

この文章で不木が吐露している心情は、往時の江戸時代および明治時代懐古であり、それはそのまま大正末から昭和にかけてのモダニズム文化への、やんわりとした忌避感情と言えよう。「名古屋情調」という言葉で指示されているのは、徳川宗春[14]が基盤をつくった〈芸どころ・娯楽どころ名護屋〉の情趣、いわば本家本元の江戸東京よりもある意味ずっと保守的に庇護されてきた江戸文化である。不木はそれを、時に「旧時代」と呼び、大須から移転した中村遊郭が「新時代」とは決して適せぬものであって、だからこそ不景気なのは当然としつつも、もしその存続を願うならば、いっそ「懐古趣味を発揮させ」て、遊女に「うちかけを着せて張店《はりみせ》を出すがよい」と鼓舞する。彼が非難するのは、遊郭という旧時代の遺物の内部に、「ところどころタクシーが横づけになつて居」るという、その中途半端で安易な折衷なのだ。「まるで、猖獗《しょうけつ》な伝染病流行当時の都市を見る様」と、不木は医学者らしい喩えで手厳しく評する。

ところで、面白い比較になるが、旭遊郭が移転した中村遊郭の状況を今に伝える言が大野一英『名古屋の駅の物語（上）』（昭和五十五年、中

（14）**徳川宗春**（1696-1764）
徳川尾張藩七代目藩主として君臨し、江戸将軍家徳川吉宗の倹約令に反発し、名古屋城下の贅沢三昧を奨励したことで有名な人物。現在の「芸どころ名古屋」の基盤をつくった。

日新聞社）に収録されている。中村大門の大楼・稲本主人、稲本忠雄氏の回想によると、大須から中村に移転した稲本は、東京の芸者くずれや松竹の女優くずれを専門に引っ張ってきてモダンセンスで売り、またその一方で京都島原の太夫に花魁風俗をさせて人気を取ったりと、全国から精鋭を集めて名古屋随一の繁栄を築いた。稲本を筆頭に、中村遊郭はかなり進歩的な経営方針を採用したらしく、従来当然とされていた娼妓の年期契約を廃止し、借金の支払いさえ済めばいつでも辞められる稼業契約のみだったようだ。おかげで全国から優秀な娼妓が集まってきたと稲本主人は述べる。さらに、遊郭内には組合病院も設けられ、県の検診所による検査も四日に一回はあったという証言からは、景気の良いモダンナイズされた遊郭の情景が浮かび上がってきて、小酒井不木の指摘するところの「まるで、猖獗な伝染病」云々なるイメージとの懸隔が激しい。もっとも、稲本の「京都島原の太夫に花魁風俗をさせて」という趣向は、不木言うところの「うちかけを着せて張店」と同じ発想かもしれない。それはともかく、遊郭の外部からの視線と内部からの視線――拠って立つまなざしの位置が異なれば、おのずと同じ都市の解釈も相反するであろうが、不木の視点はやはり彼の嗜好が求める〈旧名古屋情調〉に固執し、いわば反モダニズムの主義からきていると言えよう。

そして、乱歩自身の名古屋評価も、おそらくは不木が指摘した点を見逃しはしなかっただろう。だからこそ、昭和二年に名古屋を訪れた乱歩は、新しい中村遊郭へは赴かず、たとえ寂れたとはいえ、その寂れのなかに旧時代の情調を残存させている大須旭遊郭跡を滞在地として選んだのだろう。遊女の幽霊に脅かされながらも、その陰気な奥の部屋を替えようとせず宿泊し続けた乱歩の行為には、不木と同じモダニズム回避の心情が透けて見える。

とすれば、乱歩にとって名古屋とは、失われゆく江戸・明治情調の残《ざん》滓《し》にかろうじてありつける場所であったのではなかろうか。そして、もし、明智小五郎という被造型人物が東京は団子坂殺人事件でデビュー(15)し、以後、麹町文化住宅(16)に居を構える探偵として、深く東京のモダニズム文化と関わって生きていく象徴であると解するならば、『猟奇の果』後半で登場した明智＝東京のモダニズムによって、名古屋＝旧時代の残滓が容赦なく抹消されていく過程を、我々はそこに顕著に見出すことができ

（15）**団子坂殺人事件でデビュー**　前項で触れたように、明智小五郎は大正十四年『D坂の殺人事件』を解決してデビューした。

（16）**文化住宅**　大正デモクラシーの影響下に大衆文化が成立し、明治まで一部の上流階級の独占だった洋風住宅が庶民の生活においても意識され始める。大正十一年、平和記念東京博覧会が上野で開かれ、展示企画として「文化村」がつくられ、その展示物として十四棟の「文化住宅」が建設された。モダンで合理的な住まいを追求した文化住宅は、この博覧会をきっかけに広まっていった。昭和に入って「文化住宅」は、和風住宅の玄関脇に洋風デザインの応接間が接着されるといった

るのではなかろうか。この点を、乱歩とモダニズム文化との関係性から押さえてみよう。

乱歩のモダニズム嫌悪は、『一寸法師』連載で傷ついた昭和二年当時が一番ひどく、それはあたかも被害妄想的境界にまで、危うく踏み込みそうな程度まで進んでいた。

> ところで本当のことを白状すると、（中略）実は私を駄目にしたものは『新青年』なのである。横溝君の主張した所のモダン主義（主義ではないかも知れない）という怪物が、旧来の味の探偵小説を、誠に恥かしい立場に追い出してしまった。最早ルブラン(17)か、然《しか》らざればリーコック(18)、ウッドハウス(19)、乃至はカミ(20)、上品なところで仏蘭西《フランス》式コントに非《あら》ざれば、『新青年』に顔出しが出来ない空気が醸《かも》されてしまった。モダンは明るいのである。旧ロシヤ式陰鬱を軽蔑するのである。モダンはやけくそではない。それ故、世紀末的廃頽《はいたい》思想をも亦軽蔑するのである。即ち私の如き、やけくそな、自信のない鈍物《どんぶつ》は、昨日の幽霊の如く、果敢なくも退場すべき時であ

構造で理解されるようになる。東京近郊の宅地開発とともに数多くの文化住宅がつくられた。

(17) **ルブラン**（モーリス・ルブラン　1864-1941）フランスの小説家。一九〇五年から執筆を開始したアルセーヌ・ルパンのシリーズで有名。

(18) **リーコック**（スティーヴン・リーコック 1869-1944）イギリス生まれでカナダ在住の作家。探偵風味をまじえたユーモア作品で、「新青年」誌上で翻訳紹介される。

(19) **ウッドハウス**（P・G・ウッドハウス　1881-1975）イギリスのユーモア作家。数多くのシリーズ探偵を創出し、アントニー・バークリーやド

る。と思ったのです。そして書く気がしなくなったのです。
（「楽屋噺」昭和四年）

右の文章は、昭和二〜三年当時の乱歩の心境をしのぶ資料として、たびたび参照される有名なくだりである。

大正九年創刊の雑誌「新青年」は、森下雨村[21]を初代編集長として、初期の海外雄飛を促す冒険雑誌から、しだいに翻訳物を中心に探偵小説雑誌へと移行し、大正十年には横溝正史を、大正十二年には江戸川乱歩といった国内の有望な探偵作家をデビューさせた。乱歩の初期の傑作短篇はほとんどすべて「新青年」に発表されている。それが昭和二年、森下雨村に代わって横溝正史が二代目編集長になると、横溝はそれまでの探偵小説雑誌という方針の他に、モダン都市文化の先端を紹介するという特徴をも「新青年」に加える戦略で動き出した。相棒のモダン・ボーイ渡辺温と組んで、〈阿呆宮〉、〈新青年趣味講座〉といったコラムやコーナーを独立させ、「新青年」誌上に軽やかに事象の表層を吹きすぎてゆくような、ナンセンスとモダンの風を呼び込むのである。乱歩に、「（自

ロシー・セイヤーズに影響を与えたと言われる。

（20）**カミ**（ピエール・カミ　1884-1954）　フランスのコント作家。『名探偵オルメスの冒険』が代表作で、「新青年」誌上にて翻訳紹介される。

（21）**森下雨村**（1890-1965）　編集者、小説家、翻訳家。早稲田大学を卒業後、「やまと新聞」の記者を経て博文館に入社。「冒険世界」の編集を勤め、「新青年」初代編集長となる。同誌を舞台に、数多くの探偵作家を世に送り出した功績は大きい。

分は）退場すべき」と感じさせたのは、横溝によって転換された「新青年」誌面のこのモダニズム化であった。

この点を、乱歩の作風とつきあわせながら説明してみよう。

例えば、乱歩の処女作として、小酒井不木の激賞を受けて「新青年」に掲載された『二銭銅貨』（大正十二年）——「場末の貧弱な下駄屋の二階の、ただ一間しかない六畳に、一閑張りの破れ机を二つならべて、松村武とこの私とが、変な空想ばかりして、ゴロゴロしていたころのお話である」。大正九年に起きた兜町証券市場の大暴落による折からの大恐慌、それにともなう不況の世相を、冒頭のほんの数行だけで見事に活写しており、乱歩の探偵小説が社会の実相を描くという自然主義文学と裏表の関係にあったことをうかがわせるが、その問題はさておき、この小説には関東大震災前の東京場末の路地の光景が、「表通りを豆腐屋のラッパが通り過ぎたり、縁日にでも行くらしい人通りが、しばらく続いたり、それが途絶えると、シナ蕎麦屋の哀れげなチャルメラの音が聞こえたり」といった描写によって、なまなましい生活実感を込めて描き出されている。しかも、暗号解読のキーは按摩《あんま》によってもたらされ、紙幣を取りにいくためになされる変装は、「縞の着物に、角帯を締めて、紺の前垂れをつけた一人の商人風」で、「風呂敷包み」を手にしているのである。

さらに、明智小五郎初登場の『D坂の殺人事件』（大正十四年）――舞台そのものが団子坂という明治文化と縁の深い場所であり、「以前菊人形の名所だったところで、狭かった通りが市区改正で取り広げられ、何間道路とかいう大通りになって間もなくだから（中略）今よりはずっと淋しかった時分の話」と断っている。

『白昼夢』（大正十四年）は、場末とばかりで場所を特定できず、そのこと自体が夢のような幕を物語全編に落としているが、それでも、「洗いざらした単衣物のように白茶けた商家が、だまって軒を並べ」、「狭い薄暗い家中じゅうが、天井からどこから、自転車のフレームやタイヤで充満しており、そして、それらの殺風景な家々の間に挟まって、細い格子戸の奥にすすけた御神燈の下がった二階家が、そんなに両方から押しつけちゃ厭だわという格好をして、ボロンボロンと猥雑な三味線の音を洩らしていたり」する。

『屋根裏の散歩者』（大正十五年）の犯罪者・郷田は、明智小五郎に出会った当座、「もうとっくに飽き果てていた、あの浅草に再び興味を覚えるように」なって、細い路地や淋しい空き地を好んでさまよう。

これら初期代表作に一貫して見られるのは、関東大震災前の江戸の名残りを残す東京風景であることはもちろんだが、その東京という都会を、きらきらしい大通りではなく、人目を避けた路地や空き地、或いはその反動的行為として意味するところは同じで、下町の猥雑な雑踏を彷徨する独身者の姿を描こうとする意図である。この作風は、同じく都市を回遊する遊民の一種でありつつ、都市の表層を軽やかにステップして、大通りのショーウィンドー前を洒落たスタイルで闊歩するという、横溝が提唱したモダニズムとは、たしかに一線を画すものであると言えよう。いわば、地に足のついたような生活実感で東京の深層を描いた乱歩と、根をもたないことを武器にし、生活実感を根底からくつがえすナンセンスで都会の表層を切り取ろうとする「新青年」モダニズムの一面とは、真っ向から対立を起こしたのである。

この事態に追いつめられて、乱歩はあたかも『一寸法師』の主人公が山の手から本所隅田川の下層へ逃げ出すように、東京というモダニズムの中心地から出奔し、魚津、京都、大阪といった地方都市へ向かうのである。そして最後に至り着いた名古屋で、しかし乱歩はついに東京から追ってきた横溝正史に捕まる。それはあたかも、新東京（震災以後）の象徴を一身に担った明智小五郎にとらえられた、旧東京（震災以前）に属する犯罪者の構図のようでもある。

したがって、この章の冒頭にかえれば、震災以前の東京を懐古する『押絵と旅する男』を名古屋で流したという行為は、浅草崩壊と大須の寂れが二重写しとなっていたのであり、追いかけてきた横溝の存在は、モダンに追いつめられる乱歩自身の葛藤を名古屋という土地で改めて知らしめされたという事態だったのではなかろうか。

かように、乱歩にとって名古屋という土地が、不木の言葉を借りれば、旧時代と新時代の狭間で葛藤する自身を自覚せしめるトポスであったとするならば、そもそも名古屋という都市は乱歩の生きた時代において、モダニズム文化といかなる相関性をもっていたのだろうか――次章では、乱歩の幼少年期の記憶と絡めながら、この点について紹介していきたい。

第2章

名古屋モダニズムと平井家の興亡

父・繁男の軌跡——明治モダニズムの一典型

乱歩はことのほか自分自身に対する興味関心が旺盛な人間で、生涯で幾度も短い自叙伝ふうの文章を発表した。そのいくつかの文章で、自身の気質を育んだ両親の思い出に関して、乱歩は次のように語っている。

私が生れると間もなく、父は同じ三重県の鈴鹿郡書記に転じ、亀山町に移り住んだが、明治三十年頃、東海紡織同盟会名古屋支部書記長に転じ、名古屋市の大きな家に住んで、事務員や書生を置き、事務所兼住居とした。そういう職についたのも、父の商法の知識が物を云ったので、斡旋はおそらく関西大学時代の先生とか先輩であったと推察される。

やっぱり商法の知識のお蔭だと思うが、三、四年のうちには、当時名古屋市の大財閥であった奥田正香《まさか》商店の支配人となり、又、名古屋商業会議所の法律顧問のような役目を兼ねた。そうして、だんだん名古屋財界に顔ができて来たので、明治四十年には独立して、南伊勢町の当時の株式取引所の前に平井商店を開き、諸機械輸入販売、石炭販売、外国保険会社代理店を営み、十余名の店員を置いて、一時はなかなか派手な商売をした。

一方、奥田商店支配人時代から、自宅で特許弁理士を開業、これが名古屋最初の弁理士だったので、大いに繁昌していたが、平井商店を開いても、この弁理士業を兼営していた。

（「父母のこと」昭和三十二年）

思い出話をいくつか読むと、乱歩は父よりも母に親しみをもっていたようで、自分の物語作家としての資質も多くは母親から受け継いだものとして自覚している。しかし、人間の内面の育成は、外界の環境変化によって著しく影響を受けるものである。したがって、幼少期の乱歩を育んだ平井家の動向と、それを直接的に左右した父・繁男の軌跡は、おそらく乱歩が自身で感じていたほど過小な影響ではない。そして、その事実を踏まえると、右に引用した文章のなかで、父の繁男が「奥田正香商店の支配人となり」とあるのは、乱歩と名古屋の関わりを知るうえで、かなり重要な手がかりである。

奥田正香という人物は、「名古屋の渋沢栄一」と呼ばれ、中京地区の経済界に影響力をふるった実業家である。明治期における名古屋の発展は、この人物を除外しては語れない。

奥田正香は弘化四年（一八四七年）、現在の名古屋市千種区に和田氏の息として生まれ、のちに尾張藩士奥田主馬に引き取られて奥田姓を名乗った。明治元年、藩校明倫堂国学助教見習いとなるが、藩命を受けて甲信地方へ勤王誘引の目的で遊説に出たとある。その途上、信州の宿屋で耳にした話から、横浜の生糸貿易の状況を知り関心をもったとされ、これが後日奥田が経済界に登場するきっかけとなったようだ。

言うまでもないことだが、当時、生糸貿易は明治政府の奨励する一大産業だった。「殖産興業」という基本政策目標のもと、明治政府は繊維事業を官営とする。政府の全面的な後押しを受けて、江戸時代から続く製糸技術は近代化されていき、伊藤博文などによって近代的製糸工場建設が陸続と企画化された。明治五年の富岡製糸場を初めとして、全国の主な綿作地帯に政府は官営工場を建てた。そして、明治十一年には、広島と並んで愛知県額田郡（現在の岡崎市）に紡績所造営の運びとなる。この愛知紡績所が開業したのは、明治十四年のことであった。

官営の工場が建設されていくなか、政府は並行して、民間の紡績会社設立をも積極的に奨励していく。紡績技術の近代化には、当然のごとく先進紡績機械の導入が必要とされるが、政府は自らの資金で英国などから最先端の機械を輸入し、無利息で民間に払い下げたり、紡績代金を立て替えたりするなどして、その支援を惜しまなかった経緯が知られている。

こうした支援を背景に、江戸時代から結城縞や晒木綿、三河木綿など綿織物産業が盛んだった中部地方は、そこに近代化の波を取り入れ、明治十八年に中部地方初の民営近代紡績会社として「名古屋紡績」を誕生させた。この「名古屋紡績」には、名古屋商人の筆頭である〈三家衆〉の十四代目伊藤次郎左衛門（松坂屋創立者）、〈除地衆〉の九代目岡谷惣助が関わっていた。そして、その翌年に伊勢の商人たちが設立した「三重紡績」に、奥田正香は関与しているのである。

奥田正香は、「三重紡績」設立に関与する以前、明治三年から役人生活を送りつつ、みそたまりの製造業を手掛け始め、これが大当たりを取って資産を築いていた。奥田はこの資産を基盤にして経済界へ登場してくるのであるが、その端緒を切ったのが紡績産業だったのである。「三重紡績」に続いて、明治二十年には、奥田は「尾張紡績」を名古屋の熱田で設立している。以降、次々と愛知の紡績会社は誕生し、日露戦争を契機に合併を繰り返しながら発展していった。奥田が参画した「三重紡績」は、明治三十年代に幾多の紡績会社を合併吸収し、中部地方の綿糸生産を一手に収めることとなる。

名古屋紡績（『尾張名所図絵』から）

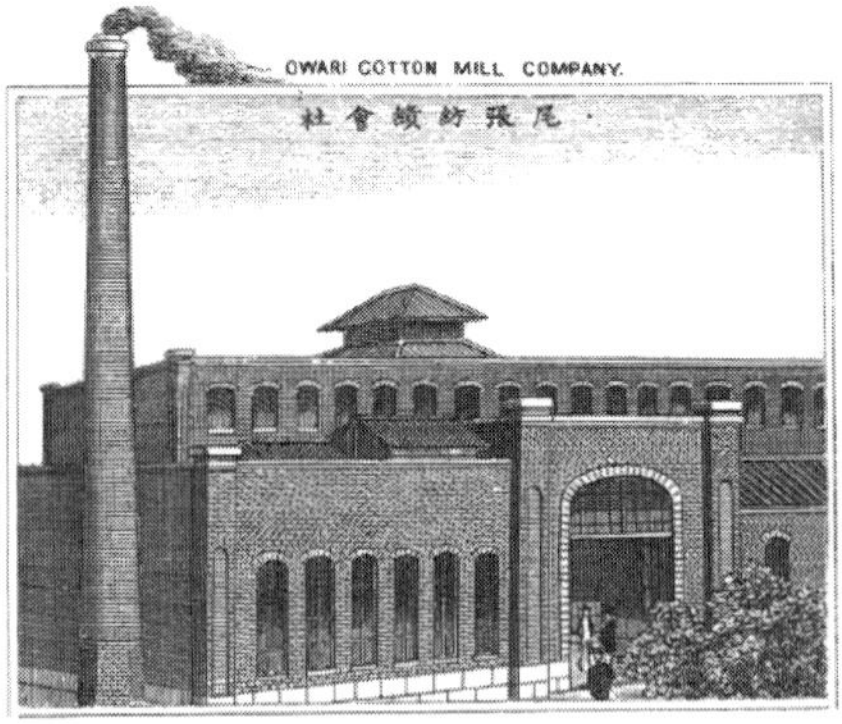

尾張紡績（『尾張名所図絵』から）

乱歩の父・繁男が役職に就いた「東海紡織同盟会」というのは、以上のように、近代紡績産業に明け暮れていた明治二十〜三十年代の名古屋地域の状況の産物であった。さらに、名古屋経済界の重鎮・奥田正香との知遇は、繁男が名古屋の地域発展の最先端、すなわち名古屋の近代化（＝モダニズム）の最前線にその身を置いていたことを示すものなのである。この視点を念頭において、〈名古屋のモダニズム〉の特徴と平井家の興亡とについて、具体的に詳しく見ていってみよう。

明治期名古屋の経済界と平井家

「明治新時代行きのバスに乗り遅れた」——先行史家に拠れば、名古屋の地域発展を顧みるとき、名古屋人自らがそう称するそうである。これは、明治新政府に尾張藩出身で要職に就いた人間が見当たらないことを意味するようだ。また、もう一方の論として、「明治の大財閥欠如論」というものもある。東京の三井、住友、薩摩出身の三菱、大阪の五代といった中央政府と深く結びついて勢力を伸ばした財閥がいないという点では、たしかにそうかもしれない。

つまりは、明治時代という近代化促進世相のただ中にあって、名古屋のモダニズムを語る際には、中央追随型（或いは中央求心型）ではない視角からこれを扱う必要があるということだ。では、その独特な視角とはどういったものか――その説明に、期せずして乱歩の父・繁男の商業的進退が絡んでくるのがおもしろい。

乱歩の父・繁男は、奥田正香との知遇をきっかけに、名古屋商業会議所の法律顧問という役職に就いたという。この名古屋商業会議所というのは、現在の名古屋商工会議所の前身で、また、もともとは名古屋商法会議所と言った機関である。繁男が役職に就いた明治三十年代は、会議所の会頭は奥田正香であったわけだが、奥田は第六代会頭である。会議所の初代会頭は、十四代伊藤次郎左衛門祐昌――現松坂屋の前身である「いとう呉服店」の運営者であり、名古屋初の私立銀行である伊藤銀行の創立者でもある人物である。さて、この初代と六代目会頭とには、共に名古屋経済界を支える重鎮でありながら、極めて対照的な立場に立つ

いとう呉服店（松山昌平氏提供）

実業家同士でもあり、彼らを軸に据えると、名古屋経済界の構図を非常にわかりやすく見て取ることができる。

明治期の名古屋経済界の勢力分布図は、大きく三つの流れに分けて考えられる。土着派、近在派、外様派である。

土着派というのは、清洲越商人を中心に、駿河越商人を加えた人々を指す。清洲越商人とは、名古屋遷府の際に松平治世下の尾張国城下町清洲から移ってきた商人たちのこと。駿河越商人とは、尾張藩の祖である徳川義直が駿河から名古屋へ入ったときに従って来た商人たちのことである。

土着派の名古屋商人のうちでも、尾張藩の御勝手御用達を務める特権商家が強い勢力をもち、それぞれ〈三家衆〉、〈除地衆〉、〈十人衆〉といった格付けをされた。例えば、「いとう呉服店」の伊藤次郎左衛門は〈三家衆〉であり、「岡谷鋼機」の岡谷惣助や「十一屋」（のちの丸栄百貨店）の小出庄兵衛は〈除地衆〉、材木で財をなした鈴木摠兵衛は〈十人衆〉といった具合である。

一方、近在派というのは、明治維新前後に近郊から名古屋へ移ってきた新興商人たちであり、彼らのなかには、土着派の商人には見られない進取のタイプの人々もいた。代表として挙げられるのが、以下の商人たちである。丹羽郡出身の滝兵右エ門（滝兵《たきひょう》）・滝定助（滝定《たきさだ》）は、「名古屋銀行」や「尾張紡績」設立で活躍した。また、富田重助・神野金之助は、舶来品商店の「紅葉屋」で繁昌するが、このうち神野金之助は、「明治銀行」や「名古屋電気鉄道」などの新事業に積極的に参加し、名古屋商工会議所創設に尽力する。

近在派には、その他、静岡出身の自動織機発明家としてトヨタ系企業の祖である豊田佐吉、陶磁器開発でのちの「ノリタケ・カンパニー」の前身を創った森村市左衛門、「大隈鉄工所」の祖である九州出身の大隈栄一らを含めることができる。

最後の外様派は、士族出身という出自をもちつ

滝兵（松山昌平氏提供）

つ、財界に進出して近代的企業家として成功した人々を指し、奥田正香、福沢桃介(1)が中心となって、土着派・近在派と拮抗した。

名古屋の経済界は、以上三つの派閥がさまざまな領域の事業で互いに烈しく競争したところに特徴があるとされる。

乱歩の父・繁男は、外様派の奥田正香に近しかったわけだが、これは繁男が藤堂藩(2)ゆかりの人間であったため、士族という繋がりからの縁もおもしろく見てとれる。乱歩の家である平井家は、ルーツを辿ると、伊豆は伊東出身で伊勢の藤堂高次の側室に上がったという、冷川《ひえかわ》御前於《お》光《みつ》を祖とするらしい。乱歩の祖父にあたる平井陳就《のぶより》は、明治二年に藤堂家の民政会計主事や内務会計主事などを務め、明治三年に藤堂家家扶となった。陳就の正妻は藤堂家の娘である。繁男は、この陳就に連れられて、四、五歳のころ、袴をはいて御殿で殿様にお目見えしたという。少し話が脱線するようだが、この殿様お目通りのころの繁男の思い出話を、後年乱歩が非常に興味深いエピソードとして語っているので、ついでながらここで紹介しておこう。

（1）**福沢桃介**（1868-1938）埼玉県に生まれ、慶應義塾に入学し、才能を買われて福沢諭吉の養子となる。明治四十三年、名古屋電灯の常務となるが半年で辞任。千葉県代議士を経て、大正二年再び名古屋電灯に招かれ社長となり、豊かな木曽川の水流を利用した水力発電を積極的に訴える。後、大同電力会社に移り社長の任に付き、電力王と称されつつ、大正から昭和にかけて日本の電力整備に貢献した。川上貞奴の愛人として名古屋に二葉館を建築したことも知られている。

（2）**藤堂藩**　三重県の津藩。戦国武将藤堂高虎が徳川家康に仕え、伊賀・伊勢を合わせ二十二万石（後、三十二万石）の領地を与えられた。

父が子供の私に、あるとき、こんなことを話した。父の少年時代の出来事である。藩の重役であった祖父につれられて、小さなカミシモを着て、殿様にお目通りをしたという、明治二、三年のころの話だ。武家屋敷の自宅の古い大きな部屋の、黒ずんだ壁に、一匹の巨大なクモが這っていた。少年の父は、ただ一人その部屋を通りかかって、壁の上の巨大な怪物を見つけ、ギョッとして立ちすくんだ。しかし、武士の子だから、こわくても逃げ出しはしなかった。どこからか一本の鎗を持って来て、鞘をはずし、ヤッとばかり、壁の怪物の、丸くふくれあがった臀部を、刺し貫いたという。

黒い血が流れたか、赤い血が流れたか、父はそこまでは話さなかった。

クモの胴体だけが、茶呑み茶碗ほどもあったという。私の国は暖国だから、今でもそれに近い大きさのクモが、古い家にはいるだろうと思う。その巨大なクモが、父の鎗に刺されて、壁に縫いつけられたまま、苦悶の形相ものすごく、二つの大きな白い目で、グッと父の方を睨んだという。

父はその晩、熱を出した。それ以来、どんな小さなクモでも、ゾッとするほど、こわくなったというのである。

（中略）

私はこの遺伝を受けていた。祖母に云わせれば、私のエナの上を最初にクモが這ったのである。そのころ、私の家に古い和本の大和名所図会があった。その見開きの大きな挿画に化けグモ退治の図があった。甲冑に身をかためた武士が、空に大きな巣を張って、頭上からおそいかかって来る人間よりも大きい化けグモに、刀を抜いて斬りかかっている絵であった。

幼年の私は、祖母の説明を聞きながら、この名所図会を見るのが好きだったが、化けグモのところだけは、とばして見ることにしていた。こわいもの見たさに、そそられもしたが、見ればゾーッとする。その本の中に、その絵があると思うと、本そのものさえ、ぶきみであった。

（「こわいもの」昭和二十八年）

武家屋敷の暗い座敷、巨大なクモ、槍、名所図会……藤堂藩ゆかりの家であった平井家の家風が、期せずして彷彿とするエピソードである。やがて、一族のうちの放蕩者による蕩尽で陳就が財産を失うと、繁男は藤堂藩御出入りの豪商の家に預けられた。

現在の三重県津市のあたりを治めた藤堂藩は、外様大名ではあるが、周知のように徳川家と非常に縁が深い家である。元来、名古屋は徳川御三家筆頭である尾張藩によって文化の基盤が形成され、近郊にも譜代大名、譜代旗本が配置されていた。いわば、幕藩体制の封建的気質が浸みついた土地柄なわけである。ここから、名古屋の特徴として保守性が云々される次第が生まれてくるわけで、先の乱歩による繁男のクモ退治の話も、そうした昔ながらのお家奉公の背景がよく見て取れる。

しかし、おもしろいことに、明治期の名古屋の近代化動向を一つひとつ抑えて見ていくと、ただ保守一辺倒の昔気質で押し通したというばかりでもないのだ。むしろ、藩士の出身から進取の気質をもって世渡りし、大きく成功した著名人の印象が強い。後述する東海道本線誘致に功あった尾張藩士・吉田禄在などはその筆頭である。

尾張藩士出身で外様派商人である奥田正香は、まさにそうした著名な財界人の最たる者で、名古屋財界における彼の最大の功績は、有能な他国出身者を積極的に名古屋財界に引き込み、それによって、ともすれば土着派商人優勢で地元閉鎖の風になりがちな名古屋の経済を、豊かに開放しようと試みたことだろう。秋田藩士の息であった上遠野富之助を名古屋商業会議所書記長に招き、大阪瓦斯から岡本桜を名古屋瓦斯に呼んで、のちの東邦瓦斯初代社長に育てたのは、その最も顕著な成功例として知られる。奥田は、人材登用の面に非常に優れていた。政商としての資質もあった奥田は、開放的な人材登用を通して、銀行の設立、電力や瓦斯の普及、鉄道整備などなどといった、名古屋を近代都市化（＝モダニズム化）する政策の中心人物として飽くことなく邁進していく。

乱歩の父・繁男が奥田正香商店の支配人に抜擢されたのは、したがって、藤堂藩ゆかりの縁に合わせてその能力を多大に買われるところがあったと見て思しく、たとえばそれは、繁男が苦学覚悟で津を飛び出し、大阪の関西法律学校（現関西大学）で勉強したという経歴を見込まれたうえだったのかもしれない可能性は充分にある。しかも、繁男はもともと三年あまりの課程を終えても学校に残って研究を続ける意欲盛んだったという。繁男が故郷の三重に戻ったのは、藤堂家の食客となっていた彼の母が彼に帰郷するよう懇願したためにほかならないとされる。大阪という、東京に次ぐ都市で勉学した若者として、繁男は奥田の名古屋近代化政策に有用な人材として登用されたわけである。したがって、乱歩の生い立った平井家は、当時、明治の名古屋モダニズムの新興真っ只中にあったと言えるだろう。

とはいえ、奥田の勢力盛んではあっても、先に見たとおり、名古屋経済界は土着派、近在派、外様派の三者が均衡しあうところに特徴があった。奥田もその点を熟知しており、土着派・近在派で結成された経済連〈九日会〉に属する鈴木惣兵衛を自身の片腕として、両派との折衝の余地を常に備えていた。この三派が、あるときは競争し、あるときは協力しあい、それぞれの拠ってたつ立場を保ちながら都市づくりに参画していったため、名古屋という街は東京とも大阪とも異なる奇妙な形態をもつモダニズムを展開することになったと言え、そのことが多かれ少なかれ、幼少期にあった乱歩に何がしかの感性的影響を与えた可能性はある。

乱歩を育んだ家——名古屋広小路の発展

次に紹介するのは、乱歩の幼少期の回想である。

　彼の二歳の折の生れて最初の記憶については先に述べたが、それは閃光的な、映画の一駒あるいは数駒の印象に過ぎなかった。それから間もなく、大暴風雨のやはり閃光的な印象が残っているほかには、四歳（あるいは五歳の初め）のある日の一場面まで、全く記憶が途切れている。その一場面というのは、彼が筒袖の着物の上から、父の洋服のチョッキを着て、その胸には父の時計の銀鎖を纏い、赤十字社の勲章をつけ、腰にはおもちゃのサーベルをさげ、おもちゃの将校帽を冠って（彼は幼時頭髪をおかっぱにされていたが、その時もおかっぱであったかもしれない）、広い住宅の部屋部屋を歩き回り、敷台になった玄関を降りて、父の大きな靴を穿き、それとサーベルとを引きずりながら、大きな門を出て、門の屋根の下に立って、往来の人達を睨み回して、独りで威張っていた光景である（むろんこんなに詳しく記憶があるわけではない。後日聞き知った細部が加わっている）（中略）その異形《いぎょう》の風体で門前に立っていると、近所の子供などが近寄って来たが、彼は別に子供達を仲間にして遊ぼうとするでもなく、彼等を異国人のように睨みつけて、ただ威張っていたということである。彼はその頃まだ、家庭以外の世界をほとんど意識しなかった。外にいる彼と同年輩の子供達が、彼の同類であることを知らなかった。おそらくこれは、ただ甘えっ子という以上に、千石取りの奥方であった祖母の町人蔑視の感情が、無意識のうちに彼に伝えられていたのであろう。そのじつ町人の子こそ思いも寄らない恐るべきものであることを、やがて彼は悟らなければならなかったのだが。

（「彼」昭和十一年～十二年）

乱歩自身の注記で、これは名古屋市葛町の屋敷で、父の繁男が東海紡績連合会の役職に就いて名古屋市に引き移ってから一年ほどしてからの記憶であるとされている。とすれば、だいたい明治三十年から三十一年のころのことであるが、『貼雑年譜』の記載に拠れば、この時期平井家は名古屋市の園井町（明治三十年）と葛町（同三十一年）に住居をもっており、右の文章だけではどちらの住まいなのか、いささか判然としない。斎藤亮氏は、「名古屋文学逍遥」で、乱歩がおもちゃのサーベルを提げて門前に立った屋敷は園井町の住居としている。『貼雑年譜』には、園井町の屋敷の見取り図が示されてあって、それを見る限り、敷地も広く、しかも客間を初め、茶室、家族部屋、書生部屋など部屋がいくつもあって、玄関の図にはちゃんと式台が描かれ、またその玄関から庭を横切って立派な門まであるから、斎藤氏が言うとおり、もしかしたらこの園井町の家が乱歩の記憶にある家かもしれない。というのも、乱

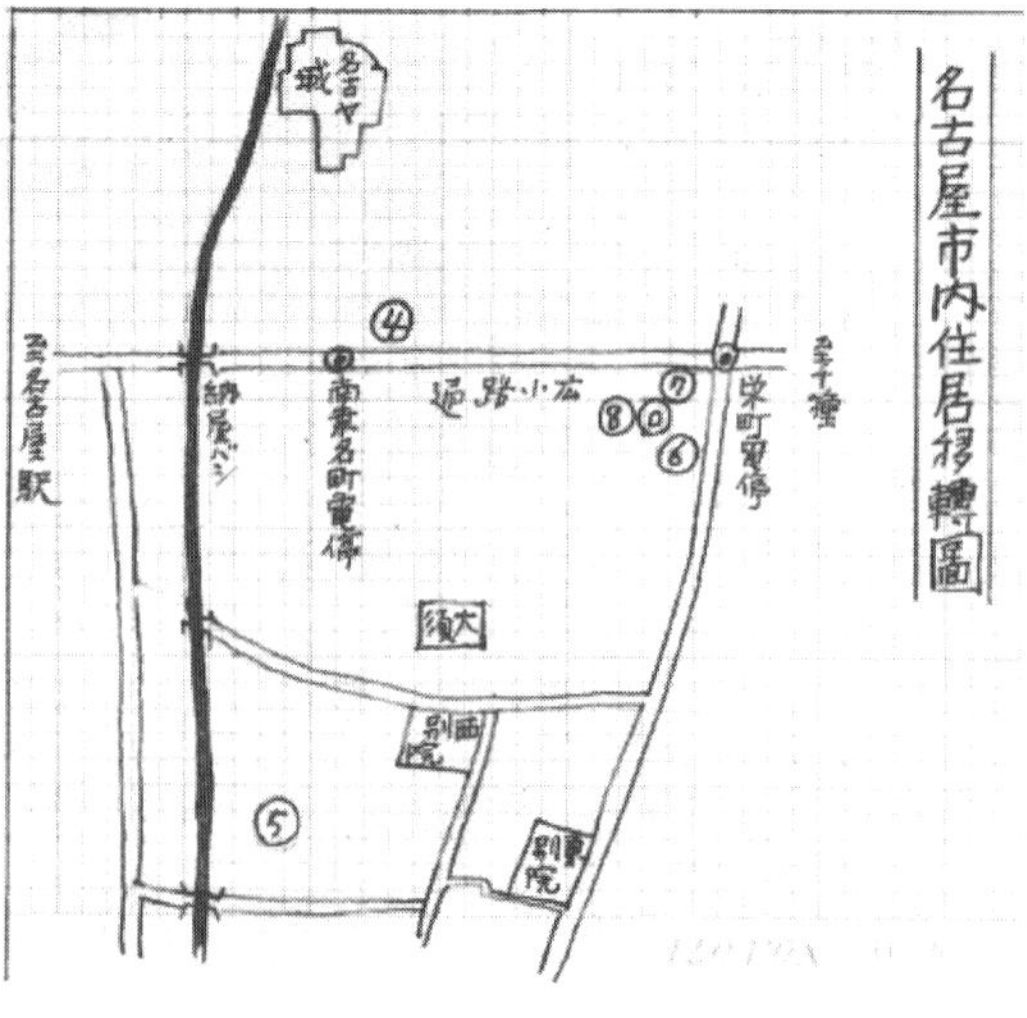

乱歩自筆による名古屋市内における住居移転図。④番が園井町の家、⑤番が葛町の家の位置を表わしている
『貼雑年譜』（講談社、一九八九年）から転載

歩の回想記には「門の屋根の下に立って、往来の人達を睨み回して」とあり、園井町の家は広小路という大通りに面しているが、葛町の家は乱歩自製の地図で見るところ通りに面してはいないのである。

そこで、乱歩が名古屋時代に住まった住居を、この園井町の屋敷を軸に、現在の名古屋市栄・広小路近辺(3)としておおまかにとらえることにして、当時の栄・広小路はどのような場所柄であったのかを探ってみよう。

明治の近代化の波及度は、鉄道の開通如何に求められる。名古屋

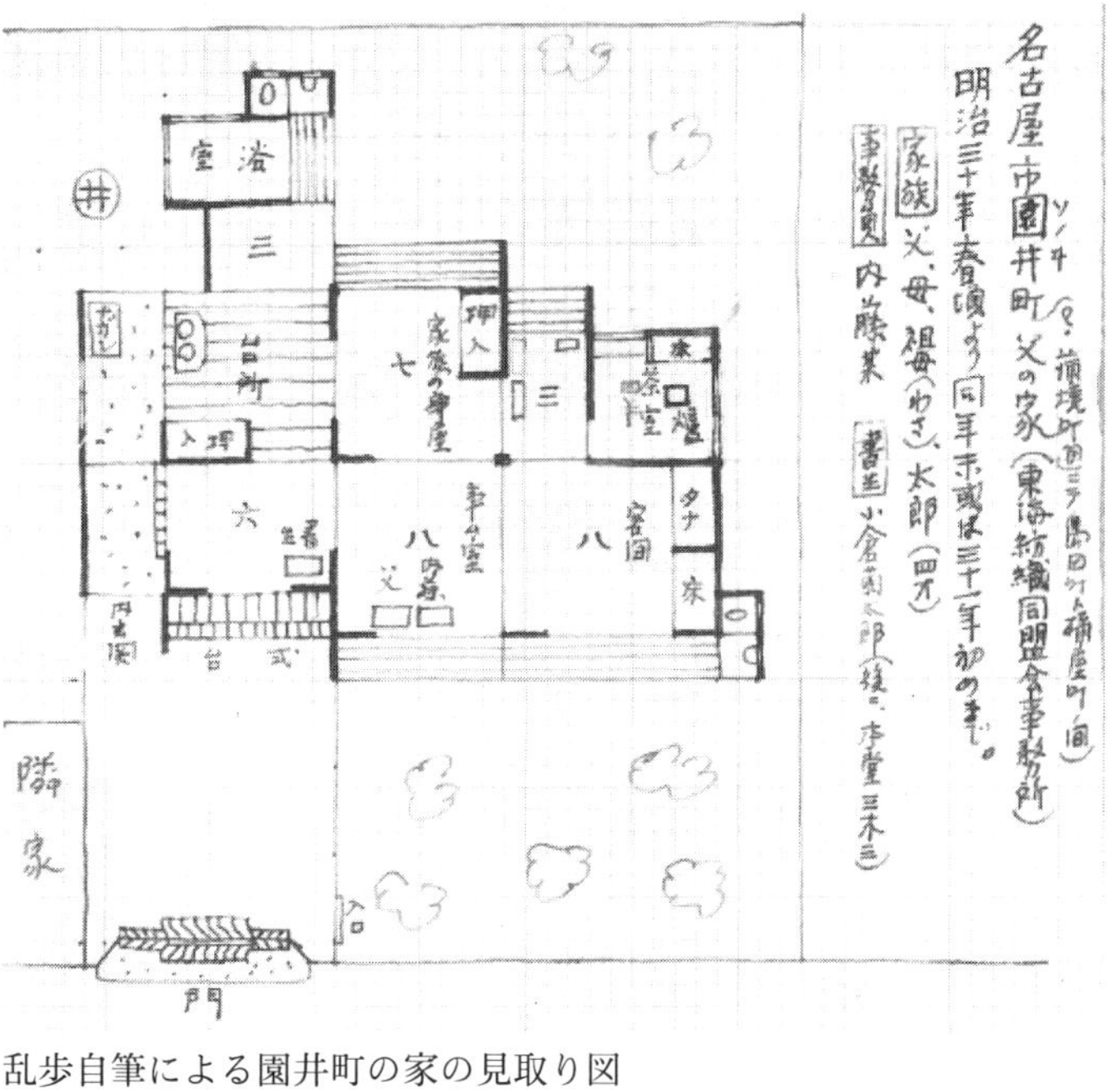

乱歩自筆による園井町の家の見取り図
(『貼雑年譜』〔講談社、1989年〕から転載)

に鉄道が敷かれたのは、明治十九年の武豊線(4)が最初で、この年の五月一日に名古屋停車場(当時の一般的呼称としては、笹島停車場)、すなわち現在の名古屋駅の前身ができた。この笹島停車場から愛知県庁まで延びる通りは、東海道線が開通した明治二十二年に笹島街道と名づけられる。そして、葦ばかりが茂る僻地であったこの界隈が、やがて広小路として開発されてゆくのである。つまりは、栄・広小路の発展は、名古屋の鉄道開発と連動しているわけで、その意味で平井家の名古屋住居は、名古屋が近代都市として発展していくその中心に位置していた。

この笹島停車場=名古屋停車場が登場する有名な近代文学作品として、私たちはすぐに夏目漱石『三四郎』を思い浮かべることができるだろう。「九州から山陽線に移って、段々京阪神に近づいていく」汽車に乗ったとされる三四郎の旅路は、名古屋で途中下車するエピソードを含んでいる。

しばらくすると「名古屋はもう直でしょうか」という女の声がした。(中略)三四郎は驚いた。

(3) **名古屋市栄・広小路近辺** 現在に至るまで名古屋市の二大繁華街。栄には松坂屋、三越といった有名デパート、および海外高級ブランド店が軒を並べる。広小路は名古屋駅前に近年JR名古屋タカシマヤがビルを建設して以来めざましい発展を遂げ、他にも各種百貨店、映画館などがひしめき、名実ともに名古屋のターミナル駅前にふさわしい殷賑《いんしん》を極めている。

(4) **武豊線** 当初は知多の武豊港に資材を運送することを目的に開発された線で、武豊―熱田間を結ぶ鉄道路線。

「そうですね」といったが、始めて東京へ行くんだから一向要領を得ない。

「この分では後れますでしょうか」

「後れるでしょう」

「あんたも名古屋へ御下りで……」

「はあ、下ります」

この汽車は名古屋留りであった。


（夏目漱石『三四郎』明治四十一年）

この後、三四郎は車中に乗り合わせた女を連れて名古屋に降り立ち、駅付近の宿に奇妙な一泊を経験することになる。

九時半に着くべき汽車が四十分ほど後れたのだから、もう十時は過《まわ》っている。けれども暑い時分だから町はまだ宵の口のように賑やかだ。宿屋も

名古屋停車場（松山昌平氏提供）

眼の前に二三軒ある。ただ三四郎にはちと立派過ぎるように思われた。そこで電気燈の点いている三階作りの前を澄して通り越して、ぶらぶら歩行《ある》いて行《いっ》た。無論不案内の土地だからどこへ出るか分らない。ただ暗い方へ行った。女は何ともいわずに尾いて来る。すると比較的淋しい横町の角から二軒目に御宿《おんやど》という看板が見えた。これは三四郎にも女にも相応な汚ない看板であった。（前出『三四郎』）

『三四郎』が書かれたのは、明治四十一年。このころには、三四郎が乗車した山陽線を初め、もうほぼ日本全国に鉄道路線が開通していたが、明治三十九年にはその鉄道網完備を記念した〈全国鉄道五千マイル大祝賀会〉なるイベントが、ほかならぬ名古屋を会場として開催された。このイベントには、全国の鉄道関係者が集まり、東本願寺名古屋別院(5)に設けられた会場は大盛況であったと伝えられている。日本の近代化を具象する鉄道祝賀の会が名古屋で設けられたということに、当時モダニズム都市として全国に勢いを知らしめようという名古屋の向上ぶりがうかがえるだろう。右の『三四郎』引用箇所で、名古屋の駅前が夜十時を過ぎ

（5）**東本願寺名古屋別院** 真宗大谷派名古屋別院。元禄三年、尾張の地に本願念仏のみ教えを伝える道場として、東本願寺第十六代の一如上人によって開かれた真宗大谷派の寺院である。当時の尾張藩主・徳川光友より、織田信長の父信秀の居城「古渡城」の跡地一万坪の寄進を受けて建てられた。

広小路通（松山昌平氏提供）

ても宵の口のように賑やかであったという記述が、その間の事情を説明している。

そして、この〈全国鉄道五千マイル祝賀会〉の最後のプログラムである園遊会で、全国の関係者を前に名古屋在委員代表として挨拶を述べたのが奥田正香であった。

平井家の住居の軌跡は、広小路の栄寄り方面に集中している。このあたりは、同じく名古屋停車場を中心軸にする広小路界隈のなかでも一番の殷賑地《いんしんち》となり、明治末から大正初期の絵はがきを見ると、広々とした道路を挟む両脇に洋館が建ち並び、銀行や百貨店といったモダニズム都市を代表する建築施設が林立する。名古屋の近代的発展を考察するうえで便利なトポスであるが、しかし建築史家に言わせると、これら名古屋の近代建築には実はある問題点――と言って強ければ、ある特徴点が見いだせるというのである。

不発のモダニズム——名古屋近代建築に見られる思想

いま、手元に平成二年九月に名古屋で開催された、〈名古屋のモダニズム　1920's - 1930's〉なる展覧会の冊子がある。この冊子には、建築家の柏木博、(6) 鈴木博之、(7) 長田謙一(8)による鼎談が掲載され、そこで名古屋のモダニズム建築におけるさまざまな論題が提示されている。鼎談のおおまかな流れとしては、曰く、

「名古屋には、本当の意味でのモダニズムはあったのか？」という疑問が浮上する運びになっているところが興味深いので、以下、〈名古屋のモダニズム　1920's - 1930's〉より主要な発言を抜粋してみよう。

『名古屋のモダニズム 1920's -1930's』（INAX、1990 年）

（6）**柏木博**（1946-）武蔵野美術大学産業デザイン科卒。同大学教授。著書に『近代日本の産業デザイン思想』（晶文社）などがある。

（7）**鈴木博之**（1945-）東京大学工学系大学院博士課程修了。東京大学教授、早稲田大学客員教授。著書に『建築様式の歴史と表現』（彰国社）などがある。

（8）**長田謙一**（1948-）東京芸術大学大学院美学専攻修了。千葉大学教授。著書に『美学・芸術学の現代的課題』（共著、玉川大学出版部）などがある。

鈴木　確かに今のお話の通りに一九二〇年代は国際的に日本が同時代性を発揮していく時期に当たっていますが、建築の分野でもちょうど一九二〇年という年に分離派(9)が出てきます。同じ年に明治以降の伝統をつくってきた建築家・コンドル(10)が死んで、その意味では世代交替になっている。けれどもその分離派の前に、野田俊彦の「建築非芸術論」というものがあって、簡単に言えば様式主義否定なのですが、要するにきれい／汚いというのはあまり大したことではない、しっかりと安全なものをつくれというような意図があった。分離派は宣言の上では非常に先鋭的なことを言っているのですが、その後で彼らが書いたものの中には、建築は芸術です、そのことを認めてくださいという、まるっきりお願い路線になっているんです。そこに日本的な前衛の在り方というものがすごく象徴されている気がします。そういう点から見ると、実用性・商業性ということと芸術性というのは対立概念なのか、それとももう少し別の関係で結びつくのか。そこでデザインをどう解釈するのかということが見えて

(9) **分離派**　大正九年に東京帝国大学建築学科の学生によって結成された。明治の歴史主義建築様式に代表される過去の様式からの分離を目指した日本最初の近代建築運動。

(10) **コンドル** (ジョサイア・コンドル　1852-1920)　ロンドン出身の建築家。お雇い外国人として来日し、辰野金吾ら、創生期の日本人建築家を育成し、建築界の基礎を築いた。後、民間で事務所を開設し、財界関係者らの邸宅を数多く設計。

くるような気がするのですが。名古屋の場合には明治二十四年（一八九一）年に濃尾地震[11]という非常に大きな地震があって、これが日本の建築にとってはじめて煉瓦造に対する疑念を生じさせることになる。そういう意味では、構造性、実利性といったものに対して名古屋は一つの出発点を与えている。また、名古屋で非常に大きな役割を果たした建築家に鈴木禎次[12]がいますが、彼は東京・大阪的なビッグビジネス、あるいは官庁的な仕事ではなく、もう少し商業的なデザインというものを手がけたわけです。それを見ていますと、そこには国家意思の表現のようなデザインと多少違う、悪く言えば、俗なデザインが建築では受けるという土壌が名古屋にはどうもあるような、名古屋の人には怒られるかもしれませんが。いい意味での商業性と前衛性という問題が、一番厳しく問われる風土が名古屋の中にはあったのではないかと、そういう気がします。

　肯定とも否定とも言えない、どっちつかずの弁明でありつつ、鈴木は名古屋の明治建築にひとつのモダニズム運動としての意味づけをおこな

（11）**濃尾地震**　明治二十四年十月二十八日に起きたマグニチュード8の大規模地震。死者数は七千名を越え、負傷者一万七千名以上、全壊家屋数は約十四万戸を数えた。耐震構造になっていなかった橋梁や煉瓦の建築物などが破壊されたため、この地震によって耐震構造への関心が強まり、研究が進展する契機となった。また、この地震後に震災予防調査会が設置された。この地震によって、地質学者の小藤文次郎が断層と地震との関係を確信する。

（12）**鈴木禎次**（1870-1941）明治三年に生まれ、東京帝国大学で建築を学んだ後、明治三十五年に名古屋高等工業教授となった。多くの弟子を育てつつ名古屋の建築界をリー

おうとしている。この鈴木に対して、名古屋のモダニズムをほとんど否定的にとらえるのが柏木である。

柏木　僕は、今回収集した資料を見ていても、イメージがはっきりしないんですね。大阪や東京でこの時代につくられたものに比べると、いわゆるモダニズムと呼んでいるイメージがあまり突出していないという印象を受けてしまうんです。ノリタケの陶器(13)を見ても非常に装飾的だけれども、何だかよくわからないものが混ざってしまっていて、ちょっとグロテスクな感じだし……。それがある意味で面白いわけですけど。鈴木さんから芸術性と実用性の問題が日用品のレベルではどうだったのかという話が出たのですが、それが最も典型的に現れているのが商工省の流れのデザインだと思うんです。一九二八年以降、商工省があちこちに試験所をつくって、デザインの研究や実験をやらせたりするわけですが、これはあくまでもスタートの時点では外貨獲得が目的ですよね。岸信介や吉野信次などが提案したことも、外貨獲得のためには日本特有なものとモダン

ドした人物。いとう呉服店、名古屋銀行本店、共同火災保険名古屋支店など名古屋の主要な建築を手がけ、東京、大阪にも作品を残した。夏目漱石の義弟にあたる。

(13) **ノリタケの陶器**　横浜貿易商の森村市左衛門は森村組を組織してニューヨークに店舗を構えていたが、やがて日本の陶磁器を取扱商品の主力におきはじめ、明治二十五年、森村組合名古屋支店を設置し、瀬戸の窯元と提携して現在のノリタケ・カンパニーの前身をつくった。

なものを合わせて、ともかくやっていかなければいけないという考え方だった。ですから、そこではわりと近代的なデザインのイメージというものが出ていると思うんですが、それ以外の日用品のレベルではあまり感じられないですね。

柏木は、その他、二〇～三〇年代初頭くらいまでに、東京には欧米の機能主義を直接に入れて展開したデザイナーがいるのに、名古屋にはそういう人々が見えない。また、村山知義[14]のような突出した人々も見ることができないと指摘する。そのうえで、デザインを労働面からとらえていくという視点を切り出して、そこに名古屋モダニズムの不発の要因を求めていく。

柏木　（前略）デザインをもう少し違った面から考えていくと労働をどう把えていくかということがあって、村山と木檜[15]に関して言うと、木檜の場合には家庭内労働をどう合理化・軽減化していくかという点から労働の問題を扱っていますよね。村山の場合には労働運

(14) **村山知義**（1901‐1977）小説家、画家、デザイナー、劇作家、演出家、舞台装置家。キリスト教を経てから、やがてプロレタリア運動へ参加。小説、演劇、美術といった幅広いジャンルに渡ってそのプロレタリアートの理念を展開していった。

(15) **木檜恕一**（1881‐1938）東京高等工業学校卒。家具デザインの合理化を目指し、一九二〇年代にユニット家具を提唱、日本のモダンデザインの最前線で活躍した。

動、つまり社会的な労働をどうするかという問題を考えていた。ともかく人間の労働をどういうふうに考えるかという問題が機能主義であれ何であれ問題になっているわけですよ。それが東京の日用品のデザインやグラフィックをやっていた連中にはなんとなく意識されていたと思うのですが、ここで見られる資料の中にはどうも労働に対する視点というのがないような気がします。ですからモダニズムといっても、なんだかイメージがはっきりしないという感じですね。

モダニズムを労働の視点からとらえる——明快なアプローチの表明で、モダニズムのある本質を非常にわかりやすく説明している。鈴木と柏木の発言は、明治から大正へと渡るモダニズムの世相のなかで、当時の名古屋の建築が見せる問題点を二つの焦点に絞り込んだ。

○国家意思の表現ではなく、商業的なデザイン（=俗なデザイン）に着目したモダニズムである。

○労働面からの視点が見られない建築デザインである。

以上二点に絞り込まれた問題点を、今度は長田が改めて〈名古屋のモダニズム〉として意味づけていく。

長田　今、柏木さんが指摘されたことはおそらく、近代的な意味での独立したデザイナーの自覚が生まれるというプロセスとは違ったかたちで名古屋の産業デザイン、なかでも陶器のデザインが成立してきたということと関係しているのじゃないでしょうか。とくに陶器のデザインが名古屋におけるいろいろな問題を集約しているように私は思うんです。

長田はそう前置きしてから、瀬戸の陶器の歴史を簡単に紹介し、江戸時代からあった瀬戸の陶器の革新期を、明治時代に万博に出品された時期に設定する。

長田　（前略）明治に入ってウィーン万博とパリ万博に出品されるんですね。出品したことによって、これで外貨が獲得できるというのが見えてくる。明治二十八（一八九五）年に瀬戸陶器学校が設立されて、外貨獲得のために瀬戸の陶磁器産業がだんだんと力をつけて日清・日露戦争で大幅に飛躍したんですが、また第一次世界大戦の時に決定的に飛躍をするんです。

第一次世界大戦前、アメリカは陶磁器の輸入を主にドイツに頼んでいたわけであるが、戦争の影響でドイツがアメリカに輸出できなくなり、アメリカはドイツの代わりに日本に陶器を発注するようになった。折からのウィーンやパリの万博は、外国人に日本の陶器をジャポニズム趣味として紹介する契機になったのである。その契機を踏まえ、さらに大戦効果で欧米の生産・輸出事情が落ち込むと、日本はすかさず、それまで欧米の市場であったオーストラリアやインド、南洋諸島への陶器輸出を開始した。そして、これらの地域への輸出陶器は主に実用品で、市場の需要に合わせようとドイツ的な模様を必死に模倣したという。

長田　戦前戦後変わらぬ最大市場であるアメリカの市民に合わせ、その成金趣味、ときにキッチュな趣味に合わせたものを日本でつくるということが行われたんです。それは商工省の試験所でも一緒で、アメリカ、アジアにどうやって売り込むかということを一生懸命やるんですね。（中略）アメリカのミドルクラス以上に売る時にはノリタケの豪華な、ときとしてキッチュなデザインでやるんですが、第一次世界大戦後に東南アジアの市場を獲得してからは、東南アジア向けには安物の日用品を売るんです。こういう経済的な戦略があるから、ドイツの廉価な日用品を持ってきて手本にするというのはメリットがあるんですね。（中略）そういうわけで、ヨーロッパとアメリカ、それにアジアの経済を通しての文化の繋ぎ目みたいなもの、その重要な問題を名古屋の陶器産業が担っていたということが非常に面白いと思いますね。

鈴木の発言中にあった「外貨獲得」という視点を、長田は具体的な陶磁器産業を例に挙げて、経済上の戦略が期せずして果たした「文化の繋ぎ目」という役割をあぶり出して見せた。

この長田の発言が示唆するように、名古屋の文化のあるひとつの特徴は、すべからくこのような経緯を踏まえており、そのような経緯が柏木の言う、名古屋モダニズムと労働面との結びつきの希薄さに至っていくのではないかと思われる。いわば、労働の論理から生み出されるモダニズム作品の機能美といった実生活感覚が、名古屋では育たなかったのではないかということだろう。

そしておそらく、乱歩の父・平井繁男が新事業を開発する能力に恵まれ、名古屋モダニズムの推進者と言える奥田正香との親交も結びながらも、結局は事業に失敗し破産する経過を辿ったのは、そこにひとつの因を発していたのではないだろうか。乱歩は次のように父親の事業癖を冷静に批評している。

父は法律家的な意味での論理家であった。生活の一切をそういう論理によって捌《さば》いて行こうとした。そこに商人としての破綻があったのだと思う。（中略）要点を掴むことが巧みであった反面に、細目の感情にうといところがあった。

思想としては明治時代勃興期ブルジョワジーの進歩的な人々に共通した自由主義者であった。むしろ極端といってもいい自由主義者であった。そこにも個人商人としての破綻があったのではないか。当時の大組織商業の経営は多くこの自由主義によって成功したのであるが、それを直ちに個人経営の小商店に持って来たところに錯誤があったのではないか。（前出「彼」）

繁男は、名古屋商業会議所の嘱託や支配人、輸入諸機械の取次販売、外国保険代理店、石炭販売など多数の事業を兼業し、その一方、自宅では特

名古屋商業会議所（松山昌平氏提供）

許弁理士を開業するという、八面六臂の活躍だった。明治新時代の到来を「外貨獲得」で象徴する華やかな対外的事業取引には、得意であった法律関係の知識が有効に働いただろう。しかし、「細目にうとい」という性癖は、日々の生活感覚を土台にした堅実な小売り商法を見落とし、一般庶民の暮らしからは程遠い商いとなってしまう。しかも、名古屋という土地は、モダニズムを推進した大商人たちでさえ、江戸期からの保守的生活感覚を基盤にした土着派の優勢なところだったのである。

そう考えると、繁男の事業の失敗が、まず石炭販売の面から現れたという点が、すこぶる暗示的である。

正月などには、石炭部の仲仕が数十人、店の紋章入りの法被《はっぴ》を揃えて挨拶に来るといった、なかなかの全盛期もあったのだが、やがて、商家生れでない父の性格から来る放漫なやり方と、石炭部の営業上の失敗などから、ついに収拾のできない破綻を生じ、店舗を閉じなければならないことになった。それがちょうど彼の中学校卒業の年であった。

（「彼」前出）

繁男の石炭販売がどのようなかたちで運営されていたのか、資料が残っていないためしかとはわからないが、石炭は庶民の生活に、とくには台所奥向きといった日々の糧に欠かせぬ品である。明治における名古屋市産業構造の特徴は、『新修名古屋市史』がまとめるとおり、繊維工業と機械器具工業を運営する少数の大規模工場の他は、伝統作業を引き継ぐ小規模な家内工業が基盤であり、また雑工業と一括総称される生活に密着した様々な小売り業種が盛んな土地

名古屋市の業種別小売商戸数構成（明治 33 年）〔『名古屋市統計年報』による〕

戸数	小　売　業　種
1000 戸以上	菓子
700 ～ 1000	—
600 ～ 600	雑品
500 ～ 600	米穀
400 ～ 500	古着、古道具
300 ～ 400	薪炭、煙草、青物
200 ～ 300	呉服太物、酒類、小間物
100 ～ 200	味噌溜、材木、糸類、履物、うどん、魚鳥、飲食、鮓、豆腐、陶器、薬種、売薬、足袋、鉄物、廃品、油類、果物
50 ～ 100	砂糖、茶、紙類、洋小間物、生鯖、時計、綿、植木、荒物、硝子、玩弄物
30 ～ 50	文房具、牛肉、牛乳、餅、漆器、伐花、袋物、麻裏草履、肥料、仏壇、ろうそく、書籍、諸肉類
10 ～ 30	洋小間物、傘、麺粉、煮売、靴、ブリキ、仕出、漬物、乾物、漆、帽子、藁物、薬器、仏具、洋灯、畳表、建具、竹、竹皮、桶、瓦、提灯、絵具、扇子、鶏卵、氷、諸車、めがね、搗麦、かご、あめ、畳、石類、諸機械
10 戸未満	洋鏡、洋酒、木綿、絞り、かもじ、そうめん、棒類、蚊帳布団、椅子、線香、銅釜、七宝、鉄砲火薬、棕梠類、縫箔、メリヤス、小鳥、状袋、笠、レンガ、籐行李、麻芋、馬具、鞄、桐油合羽、鶏類、こんにゃく、石炭、葬具、糖、法衣、化粧品、木灰、金銀箔、塩、麩、藍、刀剣、さお、櫛、活字、かんざし、うちわ、籐細工、組ひも、石灰、印判、元結、白粉、錦魚、ポンプ、マッチ、酢、蚕種、諸車、はけ、箱類、寒暖計

（『新修名古屋市史』第 5 巻、440 ページから転載）

柄に求められる。工業戸数に対する商業戸数の多さは着目するべき点であり、名古屋市統計年報に掲載された明治三十三年のデータでは、卸売商が二四五九戸、小売商が九六七二戸という膨大な数値にのぼっており、それを『新修名古屋市史』が業種別に表に直したものを見ると、薪炭商は上位三〇〇戸〜四〇〇戸の欄に位置する（本書八一ページの表を参照）。繁男が采配をふるった石炭販売部はかなりの激戦を強いられる商売だったのではなかろうか。その石炭販売から失脚した繁男の商法は、したがって、いかに庶民の生活感覚から遠いところ——乱歩いわく生活の一切をそういう論理によって捌《さば》いていこうとした理論家商法であり、柏木言うところの労働面と希薄な関係性しかもてなかった名古屋のモダニズムの一面をひそかに象徴していたのだと見ることはできないだろうか。

平井家が当時住んでいた広小路は、明治期の名古屋の都市景観をリードしようと試みられた通りであった。そのころの絵はがきが現在残されていて、私たちはその絵はがきから当時の広小路の街並みを見ることができる（本書六七ページ参照）。栄町付近の道の両脇に立ち並ぶ洋館は、いとう呉服店や日本銀行名古屋支店などであり、それらは明治三十九年に名古屋高等工業教授に着任した鈴木禎次の設計によるものである。鈴木博之は、これら鈴木禎次の設計に、「国家意思の表現のようなデザインと多少違う」何ものかのセンスを見出している。同じくこの近郊に軒を連ねたであろう平井家の商店は、どのような外観を備えていたのか——一個人商店として、これら大事業の建築に規模こそ問題にならないにしろ、なにがしか思想的に共通する点がそこはかとなく見出せるつくりだったのではなかろうか。

実は、前述した夏目漱石『三四郎』冒頭、三四郎が女と名古屋駅で下車して一泊したくだりについて、それは純然たる物語上でのフィクションで旅館の実在モデルもなく、この時刻に当時名古屋駅に停車する汽車もないという指摘もある。この指摘は、つまり名古屋駅はまさに通過駅であって、

栄町交差点。左端に見えるのが日本銀行名古屋支店（松山昌平氏提供）

三四郎のように地方から中央のモダニズムに憧れて出郷してくる人々にとってはただ通り過ぎるだけの意味しかもたなかった都市という、いささか元気を喪失させる点を突いていると解することができよう。地方と中央を結ぶモダニズムの中継地点にありながら、それ故にかえってモダニズムの表層的な面を追うことに費やされてしまった名古屋の一面があるということだろうか。

　そして、それこそが名古屋の建築に見出されるなにがしかの思想と通底しているのだとすれば——実生活と妙に霞を隔てて接するような縁遠いモダニズム感覚は、乱歩のその後の作家精神に屈折した影を落としているのではなかろうか。

第3章

原っぱの中の人工楽園

旅順海戦館の思い出

それでは、ここからいよいよ、父の繁男から子の乱歩へと話を転換していってみよう。

乱歩の回想記で、父の繁男の思い出を通しておぼろげに浮上する間接的な語り口ではなく、物心ついた乱歩自身の個人的体験談として現れる名古屋モダニズムの端緒は、何と言っても博覧会の思い出である。

稲垣足穂氏[1]が、何かの雑誌に、旅順海戦館という見世物の真似事をして遊んだ話を書いている。あれを読んで私は非常に懐かしい気がした。私もその旅順海戦館に感嘆した子供の一人であったし、そればかりか、やっぱりその真似事をやったことがあるのだ。知己に出会った感じだった。

私の見たのは明治四十何年だったか、名古屋に博覧会が開かれた

（1）**稲垣足穂**（1900-1977）大阪出身の小説家。独特な感性で、天体、飛行、宇宙、機械、少年愛、幻想などをテーマにした作品を発表し、萩原朔太郎を介して乱歩とも親しかった。代表作に『一千一秒物語』がある。

時、その余興の一つとして興行された旅順海戦館であった。キネオラマ応用とかで、当時としてはかなり大仕掛けのものだった。幕が開くと、舞台一面の大海原だ。一文字の水平線、上には青空、下には紺碧の水、それがノタリノタリと波うっている。ピリピリと笛が鳴り、一とわたり兵士の説明が済むと、舞台の一方から東郷艦隊が、旗艦三笠を先頭に、勇ましく波を蹴って進んで来る。ひるがえる旭日旗、モクモクと立ち昇る黒煙、パノラマ風の舞台で、おもちゃの軍艦が、見ているうちにさも本物らしく感じられる。

やがて、反対の方から、敵の艦隊が現れる。そして、始めは徐々に、次には烈しく、砲戦が開始せられる。耳を聾する砲声、海面を覆う白煙、水煙、敵艦の火災、沈没。

それが済むと夜戦の光景となる。月が出る。今いうキネオラマとかの作用で、月の表を雲が通り過ぎる。船には舷燈がつく、燈台が光る。それが水に映って、キラキラと波うつ、大砲が発射されるたびに赤い一文字の火花が見える。船火事の美事さ。

ただそれだけの見世物だけれど、私達はどんなにチャームされたことか。それを見た翌日、私と私のもっとも仲好しであった友達とは、さっそく、私の部屋へその真似事を作る仕事に取りかかったものである。

（「旅順海戦館」大正十五年）

一読、乱歩の興奮が伝わってくる活気ある文章である。少年が、海戦のパノラマが生み出す視覚効果に酔いしれ、幻惑され、骨身に浸みてその思い出を生涯抱き続けた経緯が、この躍動する回想の文体にうかがえるだろう。

ちなみに、乱歩が言及している稲垣足穂の旅順海戦館についての文章は、次に掲げるようなものである。少々長いが、互いに近しい領域で活動していた二人の作家の思い出に残った旅順海戦館の様相を知るために、煩瑣《はんさ》をいとわずここに紹介しよう。

こういう私どもにとって、当時、大抵の映画館で余興として行われていた、あの人工であるために、本当の自然物よりもいっそうきれいに、奇妙に浮き上った風景が、電気光線によって夕暮になったり、イナビカリがしたり、また虹が現われたりするキネオラマが、どんなに心を惹くものであったかは、いまさら云うまでもありません。実際、おしまいには、現実に背く白いスクリーン上のまぼろしよりも、かえってその幕がきりきりと捲き上って、その奥にブリキやボール紙やペンキで仕組まれた、「マルタ島の絶景」や「アルプス山」を見せてくれる時間のために、活動小屋へお百度を踏んでいた私どもは、やがて二人の考案に成った小さなキネオラマを、卓上のボール箱の中に仕組んでみようと相談したのでした。そしてそれから私どもが、オットーの住いである洋館ばかりがごちゃごちゃと詰った坂道の中途にある、ネムの木下の家の一室で耽り始めた酔狂沙汰については、いろんな挿話がありますが、ともかく試作として、「ゼネバ湖畔」「アラビア魔宮殿」「ピラミッドの夢」などをかぞえてから、「旅順海戦」という題目に移ったのです。

私がその頃より更に以前に、程近い海水浴場の興行として観たものでした。長方形に区切られた旅順港外の舞台へ、ざあざあ動く波を分けて現われた軍艦や、月が雲に隠れて暗澹とした中に行き交うサーチライトや、小屋じゅうにひびく大音響もろともに、正面の砲台から放たれた砲弾が水坊主を立てて海中へ落下するさまや……全くそれは、「全世界に紹介するために十年余の歳月を費して完成した」という広告通りに素晴らしいものを、真似ようとしたのです。

（稲垣足穂「天体嗜好症」大正十五年）

両者の文章は、ほとんどその思い出の語り口を同じくしている感があるが、なお詳細に見比べれば、両者とも軍艦のミニチュアのリアルさよりも、むしろ光と音のスペクタルでつくりあげられた〈まがいものの美〉とでも言えるものに打たれたらしいことがわかる。

キネオラマ（kineorama）というのは、キネマとパノラマの合成語で、「パノラマの点景や背景に色彩、光線をあてて景色をいろいろに変化させてみせる装置」と辞典では解説されている。キネマとパノラマ――いわくキネオラマは、近代の視角革命を象徴する二つの装置を掛け合わせたものである。

パノラマは、周知のとおりイギリスの肖像画家ロバート・バーカーによって発明された〈視角の見世物〉である。バーカーは、円筒形のドームの壁に風景画を描き、中央に造った展望台に観客を上がらせてその円筒状の周囲の風景画を眺めさせるパノラマ館を、一七九四年に開業した。バーカーのパノラマ館は、その当時、産業革命と大航海時代とで外世界に目を向け、優越のまなざしで世界を認識せんとしていたイギリスの風潮にぴったりはまり、大盛況を呈した。その影響は、ディオラマやコズモラマ、そしてもちろんキネオラマといった類似の見世物施設の相次ぐ開業によってうかがうことができる。

　パノラマが近代文化史を語るうえで重要であるのは、その構造が世界を上部という特権的・優越的立場から俯瞰《ふかん》し、均質空間のうちに序列化する認識とパラレルに存在するからである。そして、このパノラマ館は、国家が民衆の教育・啓蒙目的で開催を主宰する万国博覧会、および奨励する種々の博覧会と同時代的に密接に関与しあい、しばしば博覧会会場に設置されて人々の関心を惹きつけた。乱歩がパノラマ館の一種であるキネオラマ興行に共進会や博覧会の会場で出くわしたのは、そうした事情による。そして、大阪浜寺の海水浴場で旅順海戦館と出会った足穂と比べ、乱歩においていっそうキネオラマの含むモダニズムの相克が作品上に影響しているのは、乱歩がほかならぬ明治の名古屋という地で旅順海戦館と遭遇したことが原因ではなかったろうか。端的に言ってしまえば、乱歩の意識に刻みつけられたキネオラマ旅順海戦館とは、中央のみならず各地方都市がモダニズムの波にのみ込まれていく過程を物語り、そのゆえにものごころづいた若い乱歩を魅了して、終生その感受性のどこかに印象を残存させ続けたのではないかということだ。この間の事情を、もう少し詳しく述べてみよう。

名古屋の博覧会——モダニズム都市への出発点

「明治四十何年」とあるので、乱歩が「旅順海戦館」で書いているのは、明治四十三年三月十六日から六月三十日まで名古屋で開催された第十回関西府県連合共進会のことだろう。名古屋開府三百年にあたっていたこの年に開催された連合共進会は、来場者二百六十万人を迎える大盛況であった。会場は、新しく造成されたばかりの鶴舞公園である。

共進会は、明治の啓蒙文化に多大な貢献をはたした政府推奨の殖産興業政策イベントで、産業の発達、交流をはかるため、産物や製品を一堂に集めて展覧し、優劣を品評する会である。記録に拠れば、明治十二年九月に開催された横浜での製茶共進会が始まりで、以降、米麦、雑穀、糸繭、茶、織物、牛馬、水産物、林産物などといった、いわゆる物産以外にも、絵画などといった芸術分野にまでおこなわれたとある。開催地は全国各地にわたって盛んだった。明治十年に東京上野公園開催を嚆矢とする明治政府主催の内国勧業博覧会と、その規模には及ばずとも主たる目的に大差はない。

名古屋で開催された博覧会および共進会は、明治四年に尾張本草学の関係者が開いたものが最初である。が、これはほとんど好事家の骨董品陳列のような類であったらしく、名古屋における本格的な博覧会は、明治十一年の愛知県官設博覧会を嚆矢とするのが通例だ。

この愛知県官設博覧会は、前年に東京で開催された第一回内国勧業博覧会に刺激されて開かれたもので、伊藤次郎左衛門や岡谷惣助らを筆頭とする有力商人たちの財力を基盤に、民間有志者からの寄付金も集められ、大須門前町総見寺境内に工芸博物館がまず設立された。この工芸博物館を会場にして、十一年九月十五日から十一月三日まで愛知県主催で博覧会が開催され、観客数は十二万二百七十二人にものぼった。工芸博物館は、以後、公立名古屋博物館、愛知県博物館、愛知県商品陳列館、愛知県商品陳列所と名称を改定し続け、『新修名古屋市史』によれば、大正九年には全国商品陳列館中の首位を占めるほどに成長した。

この明治十一年の官設博覧会以後も、幾度かこうしたイベントが愛知県では積極的に開催され、「名古屋は博覧会で大きくなった街である」とさえ言われる。とくに日露戦争後から明治末期にかけては、年に二〜三、四回続けておこなわれない年はないほどだったことを示す資料が『名古屋市史』には掲載されている。

なかでも第十回関西府県連合共進会は内国勧業博覧会に匹敵するほどの大規模な企画であった。関西府県と呼びながら、参加したのは東西三府二八県であり、東海地区にとどまらず全国の注目を集めた。予算総額は六十八万八千余円。実質的な内容では、政府主催の内国勧業博覧会と

第10回関西府県連合共進会会場風景（松山昌平氏提供）

ほとんど同レベルであったとされる。

　会場となった鶴舞公園は、精進川（新堀川）の開削事業で掘り起こされた土砂を埋め立ててつくられた場所である。この精進川の開削とそれに付随した鶴舞公園造成は、明治三十年代に名古屋市が外債を英国で発行して得た資金を用い、明治四十二年から開始した、地方都市としてはいち早い水道事業の進行と連関している。都市の機能の整備が、都市の外観のモダニズム化を急速に後押しした様相が、ここに顕著に見出される。鶴舞公園造成は、モダニズム都市としての名古屋を一身に象徴するトポスであるのだ。

　乱歩は「人類史的一飛び」（昭和六年）という文章で、「中学の三年生であった私は名古屋の鶴舞公園の芝原に寝転んで、うらうらと暖い陽をあびながら、ノートに論文を書いていた」と回想している。内容は、当時の飛行家志望の少年への激励と共感だったらしい。石川啄木の不来方のお城の草ではないが、乱歩が少年期の多感な心をもって飛行機という未来（＝モダニズム）への夢を紡いだ場所が鶴舞公園の芝原だったというのは、出来すぎているほどにも象徴的だ。ついでながら、石川啄木の

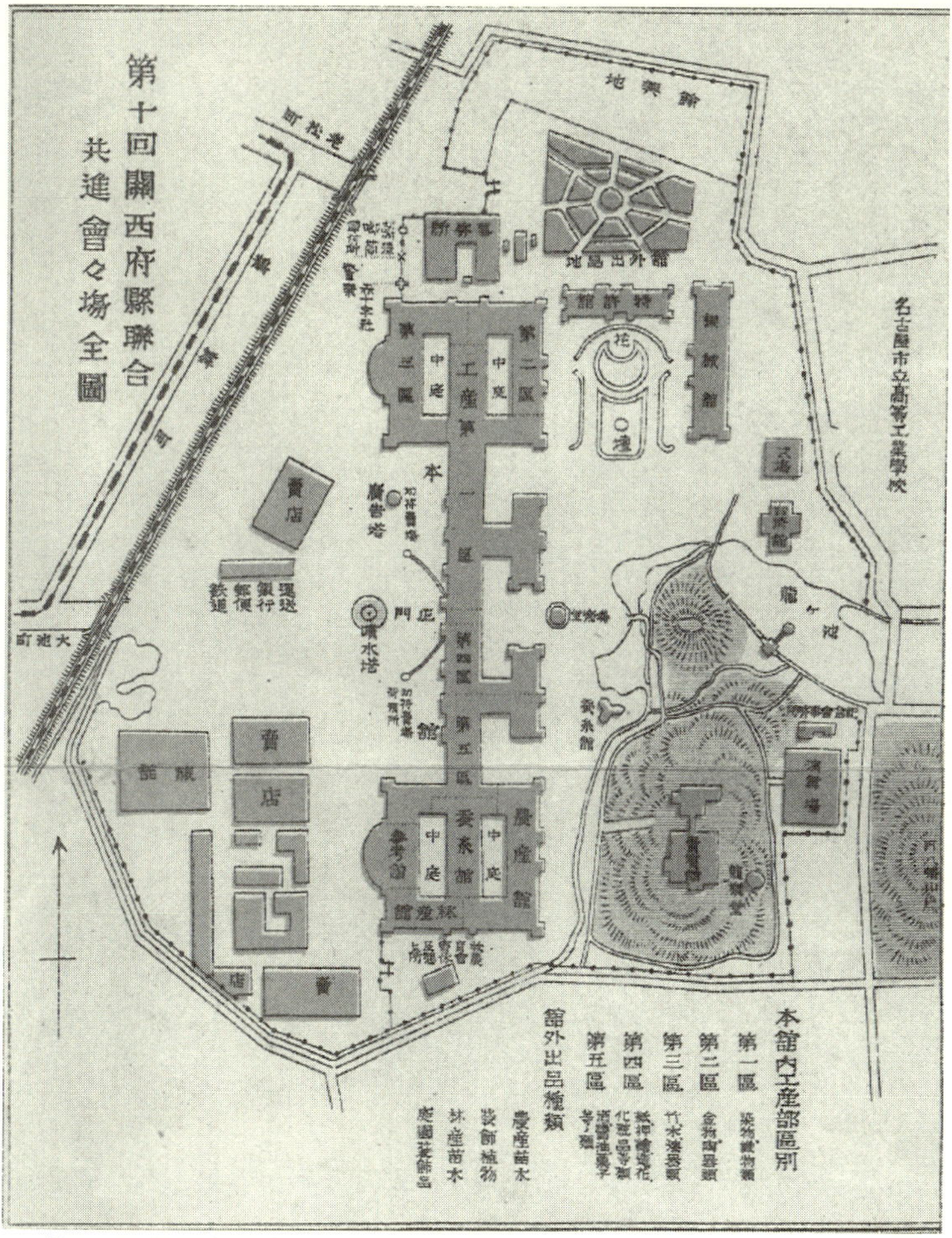

第 10 回関西府県連合共進会会場全図
(「名古屋市実測図」〔明治 43 年発行〕から)〔前田栄作氏提供〕

「不来方のお城の草に寝転びて／空に吸われし／十五の心」が収められたモダン歌集『一握の砂』が刊行されたのは、明治四十三年。まさに造成間もない鶴舞公園の柔らかい春の芝草に乱歩が寝転がった当時と同時代であった。

造成当時から敷地は二十四万平方メートルを誇り、なじみ深い日本庭園の設計と並んで近世フランス様式と言われる洋風庭園をも設置し、まさに和洋折衷の回遊式庭園としてユニークであった。また、鶴舞公園を有名にしたのは、府県連合共進会の際に鈴木禎次の設計でつくられた中央噴水塔である。これは大理石の柱を岩で組み合わせたローマ様式を取り入れており、その神殿を思い起こさせるような堂々たるエキゾチックな姿は、名古屋を舞台にした数々の小説(2)に頻繁に活写されることとなる。そのほか、同じく共進会の際に音楽堂（奏楽堂）もつくられ、こちらも鶴舞公園を象徴する建築物のひとつであった。

『名古屋市史』には、共進会開催で建築された建物の詳細な紹介が載っているので、それを参照してみよう。

（2）**名古屋を舞台にした数々の小説**　名古屋は近代文学史上、革新的な働きをした作家の訪れが多い。二葉亭四迷、坪内逍遥はもちろんであるが、森田草平、葉山嘉樹らの小説にも名古屋は多く描かれる。葉山嘉樹『誰が殺したか』（大正十五）は、彼が名古屋セメント会社から「名古屋新報」の記者となる頃の話であるが、「文芸戦線」に載せた『セメント樽の中の手紙』（大正十五）を乱歩は探偵小説家の目から評価している。

共進会の直接経営に属する建物は、本館・機械館・特許館・事務所及び式場などで、総建坪は一万二千六百坪、大小通路の延長は四千六百十八間（二里四町五十八間）におよび、各館の構造はいずれも二重屋根（マルソイド）葺で、軒高十七尺五寸、大屋根柱立三十五尺、棟高四十四尺、本館の中央部に設けられた正門の高塔は百二十尺に達したというから、当時としていかにその建築物の宏壮雄大であったかを察するに足ろう。以上のほか主な建物は台湾総督府の台湾館、帝室林野管理局名古屋市庁の林業別館及び眺望台・大日本蚕糸会愛知支部の特設蚕糸館、市の記念館（待賓館）、名古屋開府三百年の記念会の噴水塔・演舞場及び奏楽堂などで、その他各府県の売店・広告塔及び余興街の旅順海戦館・空中天女館・パノラマ館・世界一周館・不思議館・活動写真館・幹線鉄道並びに各種団体の休憩所などであった。

（『大正昭和名古屋市史　商業篇（下）』）

中央噴水塔（左）と奏楽堂（右）〔鶴舞公園、現在〕

乱歩が懐かしく回想している旅順海戦館も、しっかりと市史の記述に書き込まれている。この府県連合共進会は、現在でも残された写真によって当時の模様をうかがうことができる。モダニズム都市への変貌を期待された鶴舞公園とはいえ、造成に取りかかったばかりの当時、公園の周囲はまだひらけない田畑がいかにものどかに広がる光景だった。共進会開催の華やかな建築物とそれらを照らし出す赤々としたイルミネーションは、公園周囲の田畑の闇のただ中にあって、実に異様で唐突な景観だったことだろう。しかし、その唐突な異様さこそが人々の関心を刺激し、一種アンバランスな美に人々の夢を誘ったのである。そして、乱歩は間違いなくそうしたアンバランスなモダニズムの美に打たれた人々のうちの一人だった。

原っぱの中のモダニズム

明治四十三年といえば、乱歩は十六歳である。この時期は、乱歩の少年時代においていて、もっとも裕福だった時期にあたる。父・繁男の多角的な事業も順調で、少年だった乱歩は何の案ずることもなく、その若い感受性の赴《おもむ》くままにこの府県連合共進会へ夢を馳せ、強烈な印象を脳裏に刻みつけた。直裁的なキネオラマへの感想は前出の引用文のなかに見えるわけだが、「旅順海戦館」の後段にアンバランスなモダニズム美への感銘がほのかにうかがわれる記述がある。

さて、それにつけても、思い出すのは、あのパノラマという見世物である。ガスタンクに似て、突然空高くそびえたあの建物の外形からして、まず子供の好奇心をそそらないではおかぬ。狭い入り口、トンネルのようにまっ暗な細道、それを出抜けると、パッと開ける限界、そして、そこには今まで見ていたのとはまるで違う別個の宇宙が、空から地平線までちゃんと実物どおりに存在しているのだ。
（前出「旅順海戦館」／傍点は引用者）

突然空高くそびえた――このさりげない口調で語られた箇所には、周囲の風景とそぐわない異様な、もっと言えば、ある種グロテスクな建造物としてのパノラマ館のイメージが濃い。乱歩の思い出のなかで、名古屋という地方都市にも急激に押し寄せてきたモダニズムのイメージが、その急激さのゆえにこうしたアンバランスでグロテスクなものとしてまず印象に刻みつけられたのは、彼の作品世界の成立を考察するうえにおいて、存外重要な事実なのではないだろうか。ついでに、もう少し先の段も読んでみよう。

そして、やはり少年時代の思い出として、もう一つ浮かぶのは例の幽霊屋敷、八幡《やはた》の藪知《やぶし》らずである。私は影絵芝居を見、パノラマを見たそのおなじ町の中の広っぱで、この八幡の藪知らずをも見た。

それら三つのものは、つながって私の記憶に浮かぶのだ。藪知らずについては、本号の編集者横溝君が、かつてこの雑誌に書いた事がある。彼もさすがに探偵趣味家である。神戸の町に開かれたその興行物を人波におされながら見物した由である。私は惜しいことに子供の時分だけで、その後つい見る機会を得なかったけれど、藪知らずで今も私の印象に残っているのは、酒呑童子《しゅてんどうじ》のいけにえか何かの若い女が赤い腰まき一枚で立っている姿。案内人が見物の顔色を見ながらその腰まきをヒョイとまくると、内部に精巧な細工がほどこしてある。子供心に驚嘆したものである。（中略）

もう一つは、汽車の踏切りの礫死の実況を現したもので、二本の鉄路、藪畳、夜、そこにバラバラにひきちぎられた、首、胴体、手足が、切り口からまっ赤な血のりを、おびただしく流して、芋か大根のように転がっているのだ。そのはき気を催すような、あまりにも強烈な刺激は、今に至っても心の底にこびりついている。谷崎潤一郎氏[(3)]「恐怖時代」を形で現したといっていい。

（前出「旅順海戦館」／傍点は引用者）

（3）**谷崎潤一郎**（1886-1965）東京出身。耽美派の代表的な作家。『細雪』など関西文化を描いた長篇が有名だが、初期の短篇群は探偵小説と縁が深く、まだデビュー前の乱歩に多大な影響を及ぼした。また、彼の原稿を受け取りに行った「新青年」編集部・渡辺温が、その帰途に交通事故死するという事態が起こり、渡辺温を悼む意味もこめて「新青年」に『武州公秘話』を寄せた。

八幡の藪知らずは、乱歩の作品に頻繁に登場する小屋がけの活人形[4]展示屋敷である。乱歩のグロテスク趣味に言及する際、右の文章の後半部分、活人形の礫死体の記述などにばかり着目されがちだが、八幡の藪知らずを体験したのは「子供の時分だけ」とあることからも、本書としてはやはり前半に傍点を振った箇所——「町の中の広っぱで……見た」という記述を大切に扱いたい。

乱歩といえば浅草趣味が有名で、八幡の藪知らずに似た活人形屋敷は浅草花やしきにもかかっていたわけだが、関東大震災前の都市の一大娯楽繁華場であった浅草においては、通称十二階と呼ばれた陵雲閣や日本初のメリーゴーラウンドとして有名な木馬館、水族館、活動写真の電気館など、賑やかで派手派手しい建物が所狭しと立ち並んでいた。安来節が流れる大通りを人々が闊歩し、東京という都会のなかの娯楽地として、浅草は震災前の周囲の都市風景から浮き出したトポスとは言えず、花やしきにあった活人形屋敷の外観も場違いな違和感を与えるどころか、むしろ都会のエンターテインメント施設としてしっくり馴染むものだった

（4）**活人形**　幕末期に現れた見世物の興行が始まりで、真に迫った等身大の人形が特徴。肌、髪の毛、生毛の細部にまでリアルを追求し、その精巧な作りで残酷凄惨な場面を演劇化してみせる。人形師・松本喜三郎を始祖とし、安井亀八などが有名。乱歩は昭和五年、横須賀の怪奇人形師・井上勘平を訪ね、彼の活人形とともに写真を撮ったりしている。

ろう。乱歩はたしかに、この浅草花やしきの活人形屋敷を好んでいた。が、しかし、次のような作品のくだりを読むと、乱歩の意識下における八幡の藪知らずのグロテスクさは、震災前の浅草花やしきの活人形屋敷とは少しく異なるところにあった気配がほの見えるのだ。

車を呼ぶまでもなく、教えられた道を、走るようにして二つ三つ曲がると、もうそこが神社の森であった。その辺は、麻布区内でも、市中とも思われぬ場末めいた感じで、付近には広い空き地などもあり、子供たちの遊び場所になっている。

(中略)

「オヤ、小池君、あすこに見世物が出ているようだね」

しばらく行くと、博士がそれに気づいて助手をかえりみた。

「ええ、そうのようですね。のぼりが立ってますよ。ああ、お化け大会と書いてあります。例の化け物屋敷の見世物でしょう」

「ホウ、妙なものが出ているね。行ってみようじゃないか。化け物屋敷なんてずいぶん久し振りだ。東京にもこんな見世物がかかるのかねえ」

「近頃なかなか流行しているんです。昔は化け物屋敷とか八幡《やわた》の藪知らずとかいったようですが、この頃はお化け大会と改称して、いろいろ新工夫をこらしているそうです」

　話しながら歩くうちに、二人は大きなテント張りの小屋掛けの前に来ていた。

　小屋の前面は、張り子の岩組みと、一面の竹藪になっていて、そのあいだから狐格子の辻堂などがのぞいている。さもものすごい飾りつけである。上部にはズラッと毒々しい絵看板が並び、それにはありとあらゆる妖怪変化の姿が、今にも飛びついてきそうに、ものおそろしく描いてある。


（『悪魔の紋章』昭和十二〜十三年／傍点は引用者）

　この作品に登場する八幡の藪知らずは、はっきりと、「広い空き地」の傍にあり、その広い空き地に「テント張りの小屋掛け」で、いわば突如に二人の探偵の目の前に現れたと描写されている。神社の境内そのものではなく、境内の森を少し歩いた場所で、子供たちの遊び場になっている広っぱに、突如現れた「妙なもの」——そのアンバランスな異様さ、それこそが乱歩描くところの八幡の藪知らずのグロテスクの核心なのである。

もちろん、化け物屋敷の見世物自体は、江戸の昔から神社の境内で見かける興行として存在していたものだ。しかし、モダニズムの波を被った明治生まれの乱歩が見るところの八幡の藪知らずとは、活人形でつくられるところのパノラマ装置にある。だからこそ、右の引用箇所からすぐ後ろの段で、八幡の藪知らずを歩きながら宗像博士(5)が小池助手に往時のパノラマ館の説明をとうとう話し出す場面が挿入されるのである。

「昔パノラマという見世物があってね、そのパノラマへはいる通路が、やっぱりこんなだったよ。この闇が、つまり現実世界との縁を断つ仕掛けなんだ。そうしておいて、まったく別の夢の世界を見せようというのだね。パノラマの発明者は、うまく人間の心理をつかんでいた」

（前出『悪魔の紋章』）

（5）**宗像博士**　『悪魔の紋章』に登場する名探偵。明智小五郎と頭脳合戦を繰り広げる。

江戸時代の見世物の名残りとしてのみではなく、近代視角革命の産物としてパノラマティックに八幡の藪知らずを認識する姿勢——乱歩はたしかに、明治から大正に渡るモダニズム生成期に感性を育てた時代の申し子だった。

乱歩のモダニズムとの付き合い方を、以上のように広っぱや空き地との関わりで解こうとした先行研究に、中井英夫[6]「孤独すぎる怪人」（昭和五十二年）がある。乱歩の戦前少年探偵小説『怪人二十面相』（昭和十一年）を分析し、二十面相のアジトのある戸山ヶ原を紹介するくだりで、中井は次のように、乱歩の作品世界に潜む〈原っぱ志向〉に言及した。

これは陸軍の実弾射撃場で、むろんいまはその手前にあった、小さな草丘とともにあとかたもない。そして戦後に、東京で初めての団地が、線路を挟んだ両側に密集して建てられるとともに、戸山ケ原という名もいつか失われてしまった。いま西大久保四丁目とか戸塚三丁目とかいうらしい、高田馬場と新大久保の間、山の手線の左右

（6）**中井英夫**（1922-1993）東京出身の編集者・小説家。昭和三十七年『虚無への供物』で江戸川乱歩賞次席。しかしこの作品は乱歩に認められ、完成の後、日本推理小説三大奇書の一つとして評価が高くなる。推理小説界での活躍の他に、幻想文学も手がけ、また角川歌壇から寺山修司、葛原妙子、塚本邦雄らをデビューさせた名編集者としての一面も持つ。

にひろがっていたこの原っぱは、当時の東京市民からすればいかにもものさびしい郊外で、賊の巣窟があったとしても当然なほど、人家もまばらな地帯だったのである。

（中略）

念を押すのは他でもない、男の子にとっては当たり前なこの原っぱ志向というものが、少年探偵シリーズでは実に綿々と、これでもかとばかり続くからで、そこにも乱歩の漆黒の夢のひとつが隠されている。荒地野菊や風草やかもじ草がほしいままに生い繁った原っぱは、東京に限らずどこの都会でもごくふつうに見られ、そこは自由な遊び場であるとともに空想の生え伸びる大事な空間でもあった。その風習がこうまでみごとに失われ、あるいは失わさせられたことは、少年小説の変質と当然無縁ではないのだが——。

（中井英夫「孤独すぎる怪人」）

中井が指摘しているのは、戦後になって失われた東京郊外の原っぱの風景と乱歩の感性との共振であり、「東京に限らずどこの都会でも」と言及しつつ、「東京の町への愛着」と括られているわけだが、その結論づけは乱歩の世代よりも後の大正十一年に生まれ、関東大震災を挟んで明治とはすでに遠く、なかんずく東京生まれの東京育ちである中井ならではの解釈とも言える。実は、期せずして同じ文章で中井が拾った父親の何気ない言葉の方が、むしろ乱歩のモダニズム観を説明するうえでは興味深い。

> 余談をいえば明治の昔、新宿に初めて中村屋が出来たときは、ただ草茫々の岐れ道にポツンと建った感じだったので、あんな所に店を作ってどうするんだろうと思っていたが、さすが商売人は違ったものだと、父はいつもの一つ話にしていた。
>
> （前出「孤独すぎる怪人」／傍点引用者）

中井の父・猛之進は植物学者として著名で、東大教授、小石川植物園園長、上野国立科学博物館館長を歴任した人物である。明治初年に山口県から上京し、森有礼の食客となってW・S・クラークの指導を受けた祖父・誠太郎とともに、明治というモダニズム開花期を肌身で経験してきた世代である。右の引用箇所に見える猛之進の回想の言葉は、明治二十七年生まれの乱歩が潜在意識下に感銘を受けたアンバランスなモダニズム美を同じく目撃していた、同時代人の語り得る貴重な証言だろう。

　再び話を名古屋に戻そう。

　名古屋が県下初の「市」となったのは、乱歩が生まれるわずか五年前、明治二十二年のことだった。平井家が三重県名張から名古屋に移ってきたのは明治三十年――「市」として発足してからまだ七年しか経過しておらず、それでなくとも名古屋は「維新のバスに乗り遅れた」と言われていたのである。明治九年に初代名古屋区長に着任した吉田禄在[7]の奮闘で名古屋への鉄道誘致が実現したのは、やっと明治十九年だった。吉田禄在の尽力で広小路が開発整備され、葦ばかりが茂っていた（つまりはこれぞ原っぱにほかならない）笹島に停車場ができたことによって、名古屋の近代都市化への発展基盤が築かれたわけだが、それとて当時はほかならぬ区民からの反対を押し切っての断行だったのである。

　そもそも、市として発足する以前、名古屋は東海道の街道筋から一歩

（7）**吉田禄在**（1831-1916）父は吉田弥左衛門。幕末の尾張藩士として鉄砲方や信州木曾山の材木方を主管したが、明治二年四月大宮県出仕、のち浦和県大属、少参事となり、同四年十二月宇和島県典事に就任、同六年十月さらに愛媛県に移り、同九年二月職を辞し、愛知県に戻る。同年六月には愛知県第一区区長心得となり、八月第一区長に就任し、一等学区取締も兼ねた。同十一年十二月郡区町村制が施行されたのを機に名古屋区長に任ぜられ、二十一年十一月その職を辞すまでの間、戸籍整備、窮民救助基金設定、南海道線敷設斡旋、道路・橋梁・溝渠改修、伝染病避病院隔離病舎創立、名古屋城金鯱の復旧と保存、米商会所設立、第十一国立銀行開設など区の発

奥へ退いた地点にあり、街道の宿場であり神宮や津で賑わう熱田に比べると、城下町とはいえ、その殷賑において遙かに遅れていた。加えて、明治維新のただなか、名古屋は徳川御三家筆頭という立場も影響したものか、先に述べたように中央進出を果たす傑物や文化を出すことも少なかった。地理的位置は都市の繁栄にとって重要な問題である事は言うまでもない。名古屋が閉鎖的風土および人情と評される所以は、ひたすらにこの東海道筋から外れたことに起因すると分析する見方はかなり説得性があるだろう。

だからこそ、明治の近代化の恩恵を名古屋に呼び込むためには、一にも二にも、中央からの交通路線に名古屋を組み込む必要があった。最初、中山道沿いに設けられる予定だった東京からの鉄道路線を、東海道沿いに変更させるのに必死に力を尽くした吉田禄在が、湿地帯の他に何もない笹島あたりをわざわざ停車場設立地点に選んだのは、もともと東海道から北西方面へ外れていた名古屋を鉄道路線駅にするために必要な策だった。その策によって必然的に顕れる名古屋西部の開拓は、従来の熱田・宮の宿と名古屋城下とを結ぶ本町通りの伝統的な繁盛から、新しい

展に力を尽くし、区の基礎を築いた。官界から経済界に身を移しても、米商会所頭取、名古屋米穀取引所理事長、第四十六国立銀行頭取を歴任し、さまざまな功績を残した。一方、県会議員、市参事会員、衆議院議員に選出されて政界での活躍も大きい。

明治近代化の土壌をいったん切り離し、まっさらな土地でモダニズムを確立していくという意味をも含んでいた。名古屋近代化における問題の核心を正しく見据えていたからこそ、吉田は区民の反対に断固として立ち向かったのである。

広小路が整備されても、そこからいったんちょっと外れれば、そこはもう田畑が広がる風景であった。明治十九年に名古屋ではいち早く開通した武豊線が長寿寺参道（現在の緑区大高町）を疾走する明治後半期の写真がいまに残されているが、それを見ると、汽車が真横文字に突っ切っているのはまさしく田畑のド真ん中である。明治四十四年に東区大曽根に住民からの要望で建設された駅の写真（下）も、駅舎の四囲が田畑にのどかに囲まれているのがわかる。

また、乱歩自身、少年時通学した愛知県立第五中学の回想記で次のように語っているのだ。

僕の中学校は名古屋在にあったのですが、今のように開けなくて、学校はできたばかりの豚小屋みたいなバラックだし、校庭

中央線大曽根駅開駅当日（名古屋市立六郷小学校提供）

には名物の大根が植わっていて、われわれはそれを引き抜いて、地ならしをするのが課業外の課業だった始末で、市中からそこへ通学するには、一里くらいも畑の中のあぜ道を、雨の日なんかはドロドロになって歩かねばならなかった。その途中に何かのお社があって、鎮守の森という奴ですね。そこに夕方なんか村の子守っ児が、例の向こう鉢巻をして、鼻たれ小僧をおぶって、沢山遊んでいる。そいつらが、僕の通るのを発見すると、「ええ子、ええ子」（美少年の意）と叫んで、からかうのです。（「乱歩打明け話」大正十五年）

乱歩が通った愛知県立第五中学は、明治四十年創立で修業年限は五年。最初は愛知郡呼続町瑞穂字山（現名古屋市瑞穂区瑞穂町）に校地が定められたが、のちに第八高等学校の設立にともなって校地を明け渡し、改めて八校の南寄りの地（現瑞穂区高田町）に移転した。のちに熱田中学と改称され、現在の瑞陵《ずいりょう》高校の前身である。

当時の校舎の写真を見ると、明治四十一年に移転した後の校舎本館は、なかなか立派な洋館造りであるので、乱歩が言う「豚小屋みたいなバラック」だった五中は、創立したばかりの明治四十年校舎の方に違いない。そちらの写真を見れば、なるほど、背景に松林を控え、粗末な杭が二本立ててあるだけの校門、そして小作りの校舎の周囲はのっぺりとした空き地状である。愛知県立第五中学校は、愛知県立第一中学校、そして私立の明倫中学校（のち、大正八年に県立となる）と並ぶ名門校として、名古屋における高等教育最高機関の任を担っていた――乱歩の同級生には、のちに名古屋医大教授となる竹内芳衛や東北大学教授中川善之助がいたし、下級生には谷川徹三、本多顕彰もいた――が、課外授業で地均しに大根抜きとはなんとも素朴な環境である。

五中は、明治二十四年の中学校令改正および、明治三十二年の中学校令改定に基づき、各府県

創立当時の愛知県立第五中学校
（『五中―瑞陵八十周年記念誌』〔瑞陵会、1987 年〕から転載）

に一校以上設置するよう命ぜられた愛知県立尋常中学校のなかで、一中と共に愛知郡（現在の名古屋市域）に創立された。それだけ県の中心地――都会に近い学校であったと言えるわけだが、「市中からそこへ通学するには、一里くらいも畑の中のあぜ道を、雨の日なんかはドロドロになって歩かねばならなかった」と述べる乱歩の回想は、高等教育というモダニズムの側面が、「鎮守の森」が控える前近代的な空間にまたまた突如出現したアンバランスな事態を伝えているようだ。

ついでに紹介しておくと、雨の日でないときには、乱歩は自宅から中学までの八里の道を、なんと自転車を漕いで通学していたらしい。当時、小杉天外の『魔風恋風』(8)（明治三十六年）が評判になり、袴姿で自転車を漕ぐモダンな女学生が都会で流行ったが、乱歩が言うようにそれは「当時最高のハイカラ姿」であって、県立五中時代の乱歩の家庭環境――父・繁男の近代化商売が繁盛していたころの富裕な環境がおのずとうかがえよう。

ちなみに、名古屋に自転車が初めてやってきたのは明治十五年頃とされる。車輪の鉄輪がゴムとなり後輪駆動となった安全な自転車の輸入は、

（8）『**魔風恋風**』 明治三十年に読売新聞に連載。新聞の再販を促したほどに人気を博した。帝國女子学院に通う萩原初野は才色兼備の女学生で、卒業後の自立を目指して希望に燃え勉強に励んでいた。しかし、彼女の野心を挫くかのように起こるさまざまな事件。自身の入院に加え、妹の家出、腹違いの兄が戸主となっている実家との絶縁、許婚のある大学生東吾との関係など。悩める女学生の姿をメロドラマふうに描いた小説で、当時、リボンに袴姿で自転車に乗るヒロインの風俗が流行した。

明治二十年頃だったようだ。この当時、自転車一台が三百円〜二百円もし、明治二十一年四月からは県の特別課税として自転車税（一台につき金二十銭）というものまで徴収されることになった。

さらにもうひとつエピソードを付け加えると、『魔風恋風』の世界ではないが、乱歩はこの中学時代に、なかなかシビアな恋愛を体験している。小学生のころに上級の女生徒にほのかな憧れを抱いたことはあったが、中学時代のそれはかなりのトラウマとなってのちのちまで乱歩の心に巣くったようだ。いわゆるプラトニックな同性愛であって、中学二年、十五歳の当時、秀才で絵が上手で剣術も強い同級の男子学生に附文をされて、思わず色よい返事を出し、暑中休暇で学校の引率のもと知多半島へ海水浴へ行った際、ひとつ蚊帳のなかで一緒に寝て相手が短刀をひらめかすといった事態が起こった。噂になって先生に呼び出されてしまう。

彼との関係がそんなであったにもかかわらず、噂の方はだんだん大きくなり、短刀をひらめかした話などが先生の耳に入った。そして、面倒な問題になってしまったのです。お寺の本堂脇の一段高くなった小部屋に、先生が二人いて、そこへ僕は呼び込まれた。一人は学校を出たばかりの若い先生だったが、先生の方でも、妙にはにかんでいるんです。

「君は誰それと一緒の蚊帳に寝ているか。脅迫されたことはないか。夜半に変ったことがなかったか」

云いにくそうに、そんな尋ね方なんです。僕も真赤になっちまって、「いいえ」といってうつむいたものです。でも、短刀をひらめかしたことは、証人のある事実だものですから、どうも怪しいということになって、先生から親父の所へ至急親展の手紙が出される。僕には数人の見張番が付く。相手の男も同様。むろん蚊帳は別にされてしまった。

相手の男はひどく叱られたらしい。でも停学にもならなかった。僕の方は別に叱られはしなかったが、家へ帰るまで、同級生の見張りがつけられたりして、それ以来、先生にはもちろん、同級生達からも一種の変な目で見られるようになった。まあ注意人物なんです。その時の恥ずかしいような、あるいは身のすくむような、その気持というものはなかった。死ぬよりもつらい屈辱感が、僕をすっかりだいいなしにしてしまった。

（前出「乱歩打明け話」）

後年、岩田準一[9]とともに衆道研究に熱心に取り組んだ動機に、少年期の実体験が影を引いていることは明らかだ。

さて、もう少し、この五中の思い出を乱歩の残した文章から拾ってみよう。

中学時代は病身でよく学校を休んだので、余り優秀な学生ではなかった。自慢するような思出話もない。記憶しているのは悪いことばかりで、そのうちでも最大の汚点は、中学四年生の時に停学を命ぜられ、一カ月余り昔の閉門同様に自宅に蟄居《ちっきょ》したことであろう。その頃私は寄宿舎に入っていたのだが、同宿の悪友二人と申し合せ、満州に渡って牧畜をやろうと、寄宿舎を逃亡したところ、まだ汽車にも乗らないうちに捕まってしまい、処罰されたのである。その時の首謀者の不良少年は、今では東京某大学の物理学教授になってい

（9）**岩田準一**（1900-1945）三重出身の画家・風俗研究家。早くから画才を発揮し、竹久夢二に師事。夢二の代作を務めるほどで、夢二本人から「日本一の夢二通」と称される。江戸川乱歩の小説『パノラマ島奇談』『踊る一寸法師』『鏡地獄』の挿絵を担当し、作品のよき理解者として乱歩に認められる。ライフワークは日本の男色文献研究で、乱歩は同好の友でありライバルでもあった。乱歩の『孤島の鬼』は二人の男色文献あさりへの情熱が頂点に達した頃に書かれた作品である。準一の論考『本朝男色考』は南方熊楠も絶賛し、長きにわたり二人の間には男色に関する論議が往復書簡にて交わされた。準一は、日本のいわば影の歴史に光を当てた先駆的存在といえる。

る。

（「準名古屋人」昭和二十六年）

乱歩の寄宿舎入りについては、『貼雑年譜』に記述があって、あまりに学校を休みがちな乱歩を心配して家人が医者に診せたところ、医者に「心臓が弱い」と診断され、遠い道のりを歩かせるよりはと父の繁男が息子の寄宿舎入りを判断したとある。右の文章は、その寄宿舎からエスケープしたときの思い出話である。動機が「満州へ行って牧畜」とはまたうがっている。逃亡の契機については、スポーツが苦手だったため体操の時間が苦しくてならず、思いあまってのうえでの行動という説もあるが、その後の身の振り方をともかくも考えているあたり、乱歩の企業欲の現れが見えており、父の繁男の背中を見て育った影響がそこはかとなく感じられよう。余談だが、この後、破産した父の繁男は実際に一家を引き連れて海を渡り、朝鮮馬山で土地開墾事業に従事することになるのだ。乱歩は早々に一家とは別に単身帰国してしまうが、土地開墾のために訪れた朝鮮の地で、またもや原っぱと近代化の相克をまのあたりにしたことだろう。

以上のように、乱歩は三歳から十八歳までの多感な時期を、こうした広々とした空き地と、そこに突如として出現するモダニズム文化とのいかにもアンバランスな懸隔を、日々味わいながら過ごしたのである。東京でも郊外に出外れれば味わえたろうが、地方都市ゆえのより鮮やかな緩急の文化の浸透度が、乱歩が少年時代を過ごした名古屋という土地では感じられたことだろう。やがて小説家となった乱歩の、モダニズム文学との奇妙な付き合い方の端緒は、名古屋という地方都市で味わった少年時代の体験からすでにして培われていたように思われる。

実は後年、乱歩はその生涯の終焉を迎えた池袋の住居に関する文章のなかで、次のような思い出を述べている。乱歩は大正五年に早稲田大学政治経済学科を優秀な成績で卒業するが、同郷の代議士・川崎克[10]の口利きで大阪の貿易商・加藤洋行に就職するも、一年を待たずに辞職。のち、職を転々としていた大正十一年に、知人のつてで池袋三丁目のポマード製作研究所の支配人をしていたころの回想だ。

そのころの池袋は実にさびしかった。今とは全くちがう非常に

(10) **川崎克**（1880-1949）三重出身の代議士。明治三十四年、日本法律学校卒。東京外語学校でフランス語を学ぶ。当時東京市長だった尾崎行雄に私淑し、明治三十六年に東京市書記となる。三十九年、日本新聞社入社。翌年朝鮮に渡り、元山時事新報主幹、元山民団長となる。以後、尾崎に従い憲政擁護運動に参加、中正会より当選、憲政会結成に参加。また陸軍参与官、逓信参与官、司法政務次官、民政党総務、政調会長などの要職を務める。戦後公職追放。日本進歩党常議員会長。

狭い常盤通りが唯一の中心地帯で、商家が軒を並べ、新開地の繁華街という感じだったが、そのほかの一帯は、点々として住宅が建っているばかり、町らしい町もなく、立教大学の周辺などは、ずっと原っぱで、まだ畑があったように覚えている。そのころの立教大学の建物は、全部赤いレンガで、今の何分の一の棟数しかなく、それが原っぱの中に、ポツン、ポツンと建っていた。わたしは初めてその建物を見たとき、あれが寄宿舎だと教えられて、ひどく羨ましく思った記憶がある。それは二階建ての赤レンガの長い建物が、四つか五つ、ちょうど今の都営アパートのように行儀よく並んでいて、おそらく大部分の学生が、その純洋風の部屋に住んでいたのではないかと思う。（中略）そのエキゾチックな純洋風の部屋を与えられている学生が、羨ましくて仕方がなかったのである。

（「池袋二十四年」昭和三十一年／傍点は引用者）

この回想に出てくる立教大学の建物と、周囲の風景との乖離。そして、その乖離になんら疑問も違和感も抱くことなく、〈モダニズムの美とはそうしたもの〉と受けとめて、建物のエキゾチックな構造に見とれ、「羨ましく思った」青年の日の乱歩がうかがえる。

さらに例えば、ここで乱歩が心酔した谷崎潤一郎の作品世界と比べてみよう。乱歩は、探偵小説作家になる前から、谷崎の文学に傾倒しており、乱歩の『パノラマ島奇談』（大正十五年）は谷崎の『金色の死』（大正三年）を発想の下敷きにしているとさえ言われている。しかし、両作品とも莫大な資産を費やして地上に美の人工楽園をつくりだすという共通項はあるものの、どこにその地上の楽園が築かれたかという設定で、両者は著しい差異を見せている。

谷崎の『金色の死』で、富裕な青年岡村が作り出した楽園は、箱根の仙石原から乙女峠に近い盆地に設定されている。

東京を西に距ること数十里の、相州箱根山の頂上に近い、仙石原から乙女峠へ通ふ山路を少し左へ外れた盆地で、蘆の湖畔に臨んだ風光明媚な一廓の地面を二万坪ばかり買い求めた上、彼は俄かに大土木を起しました。田を埋め、畑を潰し、林を除き、池を掘り、噴水を作り、丘を築き、日々数百人の人夫を使役して、彼は自分の設計に係る芸術の天国を作り出さうと努力し始めました。（中略）さて、此の千態万状を極めた山水の勝景に據つて古今東西の様式の粋を萃めた幾棟の建築物が建てられるのです。突兀として矗立して居る南畫風の奇峰の頂邊には、遊仙窟の詩を想ひ出すやうな支那流の樓閣が聳え、繚乱たる花園の噴水の周囲には希臘式の四角な殿堂が石の圓柱を繞らし、湖に突き出た岬の一角には藤原時代の釣殿が水に近く勾欄を横へ、風を遮る森林の奥には羅馬時代の大理石造の浴室が沸々として珠玉のやうな湯を漲らせます。其の外春は見晴らしのいゝ東方の高臺の上に、夏は涼風の吹き入る曲浦の汀に、秋は谷間の紅葉を瞰下す幽邃な地域に、冬は暖かな山懐に、四季それ〳〵の住居を定めて、或はパルテノンの俤を模し、鳳凰堂の趣に倣ひ、或はアルハムブラの様式を学び、ヴチカンの宮殿になぞらへ、山々谷々の丹雘紛壁は朝日に輝き、圓楹甃瓦は夕陽に彩られ、「蜀山兀として阿房出づ」と云ふ古の詩の文句がさながら此処に現出されたかと訝しまれます。

（谷崎潤一郎『金色の死』大正三年）

つまり、谷崎の夢想する楽園は、最初から箱根という東京至近の風光明媚な観光地を予定され、それにさらに大土木作業を加えて風土の美的改修をなし、そのうえで、そうした美的光景にふさわしい、しっくりと適切にはまる建築物を周到に選んで配置するわけである。

一方、乱歩描くところの地上楽園は、どのようなものであるか。パノラマ島と称される地上楽園は、菰田家の財産を乗っ取った人見広介によって、M県I湾沖（三重県伊勢湾沖）の直径二里たらずの小島に築かれたとされる。

沖の島の対岸の村々には、政府の鉄道はもちろん、私設の軽便鉄道や、当時は乗合自動車さえ通よっていず、ことに島に面した海岸は、百戸に充たぬ、貧弱な漁村がチラホラ点在しているばかりで、そのあいだあいだには、一も通よわぬ断崖がそそり立っていて、いわば文明から切り離された、まるで辺鄙なところだものですから、そのような風変りな大作業がはじまっても、そのうわさは村から村へと伝わるだけで、遠くに行くにしたがって、いつしかおとぎ話のようなものになってしまい、たとえ附近の都会などにそれが聞こえても、たかだか地方新聞の三面を賑わすほどのことで済んでしまいましたが、もしこれが都近くに起こった出来事だったら、どうして、大変なセンセイションをまき起こしたにちがいありません。

（『パノラマ島奇談』大正十五年）

交通がまるで通わない場所。人口密度の極端に低い場所。文明から切り離された場所。辺鄙な場所。地方新聞の三面記事を賑わす程度の場所。キーワードはすべて出揃っている。

いわく、パノラマ島の地上楽園は、まったく谷崎の楽園の真反対に位置するものであることが理解できるだろう。そして、モダニズム文明の波が未だ覆い尽くさない地方にあって、その辺鄙な何もない場所――つまり原っぱ的空間に、突如建造される人工楽園。

さらには、〈谷崎の建築が四囲の風景にしっくりあてはまる詩文の趣を要しているのに比して、乱歩の建築は四囲から浮き立つことを目的としているかのように描かれる。

三月四月とたつにしたがって、島全体を取り囲んで、ちょうど万里の長城のような異様な土塀ができ、内部には池あり、河あり、丘あり、谷あり、そしてその中央に巨大な鉄筋コンクリートの不思議な建物まで出来上がりました。（前出『パノラマ島奇談』／傍点引用者）

もはや繰り返すまでもない。乱歩のモダニズムは、周囲の風土と相容れない点で不思議であり、異様であり、グロテスクであり……そして、おそらくは、少年時代に名古屋で体感した、保守と革新があまりに平然と並立する地方モダニズムへの無意識下の郷愁なのだ。そして、その郷愁は、乱歩の晩年に至るまでずっと長く尾を引いて、その感性に始終働きかけていたのである。

第4章

活字へのフェティシズム／映画の夢

別世界への入口——活字との出会い

四囲の光景と相容れない建築の内部——それは、抽象的な概念の楼閣であると同時に、どこまでも宙へ羽ばたいてゆく奔放な空想力の空間でもあった。そして、そのような別世界への入口を指し示す導き手は、活字であった。乱歩は、名古屋の土地で、当然の如くこの活字の世界と運命的な出会いを遂げている。

少年時代、はじめて日常と異った別の世界を見たのは、小波山人[1]の世界お伽噺の四号活字によってであった。それから、押川春浪[2]、黒岩涙香[3]、そして、紅葉[4]、露伴[5]、柳浪[6]、鏡花[7]と、いずれもそれぞれの意味で、夢の異国に遊ばせてくれた。

その頃は、活字を見るたびに別の世界を発見した。なんという驚きであったろう。父の書斎で、通俗天文学の本を見つけて、太陽系

（1）**小波山人**（巌谷小波 1870-1933）東京出身の作家、児童文学者。明治二十四年、博文館の「少年文学叢書」第一編として出版した児童文学の処女作『こがね丸』が圧倒的好評を得て、近代日本児童文学史をひらく画期的作品となり、以後博文館と組んで児童文学に専心し、種々の児童向けの雑誌や叢書を刊行した。内外の昔話や名作をお伽噺として平易に書き改める仕事のほか、童話の口演や戯曲化も試み、全国を行脚してその普及に努めた。後進の指導にも熱心で、創作家のみならず、童話口演の分野でも新人を育てており、近代児童文学の生みの親である。

（2）**押川春浪**（1876-1914）愛媛出身の冒険小説作家。明

そのものが宇宙の一小部分を占める塵芥にすぎないことを知り、光年というものの恐ろしさにふるえ上がり、一生私の心を曇らしたあの青い陰が心臓の上に覆いかかって来たのも、その少年の頃であった。

　そうして一冊の本を読むたびごとに、私の活字への愛情はだんだん激しいものになって行った。異国の夢を運んで来る活字の船の懐かしさに、私は活字そのものを自ら所有し、それに他人の夢ではなくて、わが夢を託したい気持におそわれはじめた。

　あるとき、父から少したくさんお小遣いをもらって、活字を買うことになった。四号活字が何千本。まだインキに汚れていないあの美しい銀色の活字の魅力がどれほどであったことか。私はその一つ一つを、鉛の兵隊さんを弄《もてあそ》ぶように弄んだ。この小さな鉛の煉瓦の行列の中に、夢の国への飛行の術が秘められていた。小さな銀色の拍子木が、幻影の国へのかけ橋であった。私はそれで自分の文章を印刷し、自分の少年雑誌を作った。

　こうして十三歳の私は直接活字そのものと縁結びをした。一生涯

治二十八年、東京専門学校（現早稲田大学）法科部在学中に『海島冒険奇譚　海底軍艦』を出版。全国の少年ファンを熱狂させた。以降、数多くの冒険小説を執筆して「冒険小説」というジャンルを定着させる。卒業後、雑誌『冒険世界』、『武侠世界』などの主筆を務め、多くの後進の作家、SF画家などを育てることに尽力した。

（3）**黒岩涙香**（1862-1920）高知出身の翻訳家、作家。記者としても活躍し、「萬朝報」の編集者を務め、政財界の大物のスキャンダルを暴露して「蝮の周六」と怖れられた。本邦探偵小説流行の基盤をつくった始祖としての功績は大きい。理詰めの作品よりも、海外のサスペンスを換骨奪胎

活字と離れられない密約を取り交わした。そして、それからのちの何十年、活字の深なさけが、いかに私につきまとって来たことであろう。

（「活字との密約」昭和二十九年）

乱歩は「活字と僕と」と題するやや長いまとまった文章でも、右の内容とだいたい同じことを述べていて、いかに年少の自分が活字の魅力に取り憑かれていたかを克明に語っている。巌谷小波の『世界お伽噺』は、四号活字使用の菊判、石判絵の異国的な表紙を付した薄い冊子だったそうだが、乱歩はその本を、「友達と貸しっこをして、家の座敷で、小学校の校庭で、どんなにむさぼり読んだことであろう」と、懐かしく思い出している。

それまでにも、新聞の活字には親しんでいた。まだ読めはしなかったけれど、つづきものの小説を母に読んで聞かせて貰って、現実世界にはないところの、しかしそれよりももっと生々しい夢を生み出す、あの活字というものの不思議な魔力を、あの鼻をくすぐる

した波瀾万丈の謎めいた物語を語るのを得意とし、多くの読者を得、貸本屋の貸し出しナンバーワンの作家であった。『巌窟王』、『噫無情』などの名訳タイトルは、今日までも健在である。

（4）**紅葉**（尾崎紅葉　1868-1903）　東京出身の小説家。明治十八年、山田美妙らと硯友社を設立し「我楽多文庫」を発刊。『二人比丘尼色懺悔』で認められ、『伽羅枕』『多情多恨』などを書き、幸田露伴と並称され明治期の文壇の重きをなした。明治三十年から『金色夜叉』を書き、空前の大ブームを巻き起こすが、過労が祟り未完のまま没した。泉鏡花、小栗風葉、柳川春葉、徳田秋声など、近代文学を代表する門下生を輩出したこと

甘い印刷インキの匂を、寧ろ怖いもの見たさの気持で、どんなにか憧れていたことであろう。

（「活字と僕と」昭和十一年）

乱歩が幼少時、母のきくに「大阪毎日新聞」掲載の菊池幽芳(8)の冒険小説『秘中の秘』を読んでもらって感激したエピソードは有名である。乱歩は感激のあまり、小学校の学芸会で演壇に立ち、『秘中の秘』を熱弁したほどである。結果は、それほど喝采を受けたというほどでもなく、乱歩の自尊心は少なからず傷ついたようであるが。

しかし、ここで注目しておきたいのは、もちろん『秘中の秘』の波瀾万丈の物語展開が少年時の乱歩をいたく惹きつけた要因に間違いはないとしても、その思い出が〈活字との出会い〉というテーマで語り出されている点だ。まだ読めもしない新聞続き物の活字――しかし、母に語ってもらった物語内容とぴったり一体化した魅力の概念装置として、印刷インキの匂いを漂わす活字そのものへのフェティッシュな憧憬が、そこにありありと存していることを見落としてはならないだろう。

活字へのフェティシズムは、さまざまな種類の活字体を好悪で選別す

でも知られる。

(5) **露伴**（幸田露伴　1867-1947）東京出身の小説家。『風流仏』で評価され、「五重塔」「運命」などの作品で文壇での地位を確立。尾崎紅葉とともに紅露時代と呼ばれる時代を築いた。擬古典主義の代表的作家で、また古典や諸宗教にも通じ、多くの随筆や史伝のほか、『芭蕉七部集評釈』などの古典研究などを残した。

(6) **柳浪**（廣津柳浪　1861-1928）長崎出身の小説家。硯友社同人となり、「残菊」で認められる。「変目伝」「今戸心中」「黒蜥蜴」などの低階級社会の暗部を描いた深刻小説、悲惨小説を発表した。小説家の広津和郎は息子。

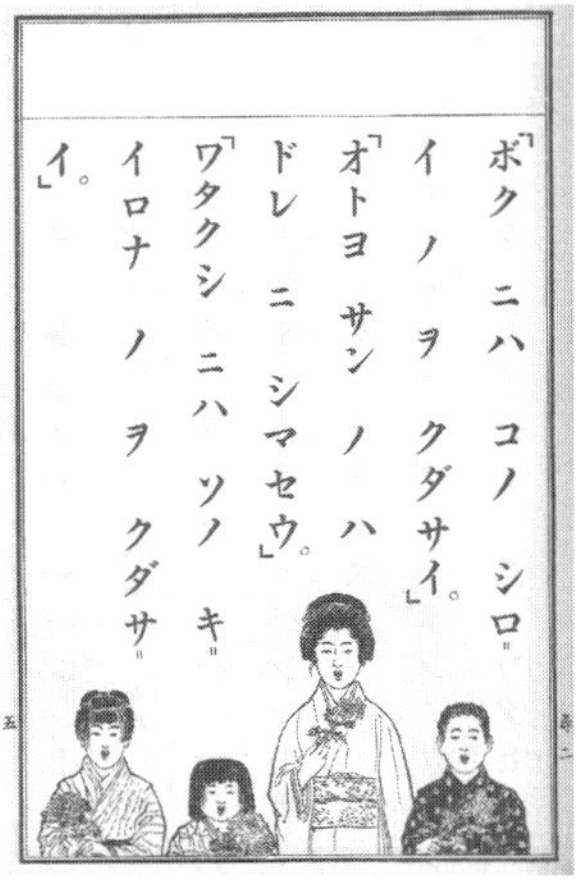

『尋常小学校讀本』巻二（文部省、大正２年）から

る感性をも養った。

それにしても、小学校の国語読本はやっぱり活字であったのだが、字体が余りに大きかったのと、普通の明朝《みんちょう》ではなくて、お清書のような清朝《しんちょう》活字であったせいかも知れない。どういう訳か、お伽噺や小説の国の活字とは違っていて、夢がなくて、ただ押しつけられるような気がして、活字としての印象は薄かった。

（前出「活字と僕と」）

活字なら何でもいいわけではない。夢を運ぶ活字と、そうでない活字と、やはりそこには差があるわけで、こうしたふうに活字を選別する感性は、筆者にもよく理解できる。明治期の教科書にはそれ専用の活字が使われていて、新聞や雑誌に掲載される小説の活字とは明らかに異なっ

（7）**鏡花**（泉鏡花 1873-1939）金沢出身の小説家。明治から大正、昭和にかけて幻想文学の第一人者であり続けた。尾崎紅葉に師事し、『夜行巡査』『外科室』で評価を得、『高野聖』で人気作家になる。江戸文芸の影響を深くうけた怪奇趣味と特有のロマンチシズムで知られる。また新派劇の題材にも採り上げられ、『婦系図』の中のワンシーンが「湯島の境内」として有名。

（8）**菊池幽芳**（1870-1947）水戸出身の小説家。水戸中学を卒業後、取手小学校の教師となったが、明治二十四年「大阪毎日」に入社し、翌年から小説を同誌上に発表した。読みやすく印象的なシーンを連ねる作品は、新聞読者を喜ばせた。翻案物の『光子の秘密』

ていた。このあたりの活字研究史については、たいへん興味深いのだが、本書の主旨と少しく話がズレるのでこのくらいでとどめておく。

幼い乱歩は、活字を買う資金を得るために、半年の間早起きの習慣を守りきり、父親から褒美の賞金をもらって、それで「町にたった一軒の活字屋」へかけつけて、「ピカピカ光った金属の匂いの懐かしい四号活字を山のように」買ったという。

> 活字とケースと一罐の印刷インキを買ってしまうと賞与金が尽きたので、私は印刷器械を手製しなければならなかった。それは近所の名刺印刷所の店先で見覚えて置いた、木製の手押し印刷器であった。
>
> お伽噺の原稿を書いて、文撰工のように活字を拾って、植字工のようにそれを並べて、ローラーでインキを塗って、ザラ紙の半紙を当ててグッと手押器械をおしつけた時の、あの不思議な喜びを忘れることが出来ない。私は遂に、精彩の国への船を所有したのであった。その美しい船の船長になったのであった。

が新聞小説の処女作で、第二作の『無言の誓』が怪奇探偵小説の翻案物である。家庭小説にも筆を染めながら、ウイルキイ・コリンズの『白衣婦人』やハガードの『二人女王』の翻訳なども手がけた。

（「幻影の城主」昭和十年）

右の引用文中にある「近所の名刺印刷所」とは、どこだったろうか。乱歩の家のあった広小路は、当時新興の商店が陸続と看板を出し始めた目抜き通りであったから、そうした商店に勤める人々の営業活動に必要不可欠なものとして、名刺印刷の会社も広小路に軒を連ねていたに違いないのだ。これもまた明治の近代化都市が生んだ新しい事業の一つであり、その手圧し印刷器の様は、少年乱歩の心を惹きつけてやまなかったのだ。

この活字への強いフェティッシュな憧れは、戦後、経営難で風前の灯火にあった探偵小説雑誌「宝石」の立て直しのために、自ら編集長をかってでて、他作家への原稿依頼にとどまらず、その作品配列、装丁全般、活字の組み方に至るまで妥協せずに取り組んで倦まなかった姿勢の原点である。乱歩は、生涯で初めて触れた探偵小説のことを、「母に新聞で読んで貰った活字」と表現するほどだった。

乱歩は最初、蒟蒻版、そして謄写版といったガリ版刷り方式で、「中央少年」などさまざまな雑誌製作を学友と一緒に試みたが、「どんなに精巧な色刷りなどが出来ても、どうも満足ができなかった。本当の活字でなくては夢の国への懸け橋にはならないような気がした」と述べる。この感覚は、いったい何だろう。乱歩の回想記に綴られる思い出の文章から、そのあたりの乱歩の感性の根幹に迫ってみよう。

手がかりになるのは、「活字と僕と」の文章中に見られる夥しい量の文学作品名、および雑誌名の羅列である。拾い出してみれば、菊池幽芳『秘中の秘』が掲載されていた「大阪毎日新聞」、巌谷小波がお伽噺を載せていた「少年世界」、上品な文学味があったとされる「少年」、投書欄が活発で幼い乱歩の一番のお気に入り雑誌だった「日本少年」。さらに成長するにつれ、押川春浪の「冒険世界」、「武侠世界」へと進み、江見水蔭(9)主宰の「探検世界」は「冒険世界」「武侠世界」のおもしろさには及ばなかったと言及する。乱歩は小学三年生で菊池幽芳「秘中の秘」を講演したが、中学一年生のときには押川春浪の怪奇小説「塔中の怪」を演題に選んでいる。

そして、シャーロック・ホームズ物に初めて対面したのは、小学生時

(9) **江見水蔭**(1869-1934) 岡山出身の小説家。巌谷小波の紹介で明治二十一年硯友社同人となり、明治二十五年江水社を起こし詩的浪漫的な文境や「理想派として散文詩的短編を」意図し雑誌「小桜縅」を創刊。探偵小説、冒険小説、大衆小説などに多く筆をとり、大衆文壇を開拓した。明治四十一年、小波の渡独の間「少年世界」の主筆を務め、また成功雑誌社「探検世界」主筆ともなった。

代に父の書斎で見つけた雑誌「太陽」のおかげであった。

しかし、僕が初めてシャーロック・ホームズに対面したのは、春浪訳の『ホシナ大探偵』ではない。そのずっと前に、雑誌『太陽』でドイルの『金の鼻眼鏡』を読んでいる。無論それも小学生時代だと思うが、随って僕が『太陽』の読者だったのではない。二階へ上がって行くと父親の本棚があって、その隅のところに、博文館の『日露戦争実記』という雑誌が、うずたかく積まれ、それと並んで、父の愛読していた『太陽』が積み重ねてあった。

僕は一人その部屋へ上って行って、見てはならないものを見る気持で、むずかしい

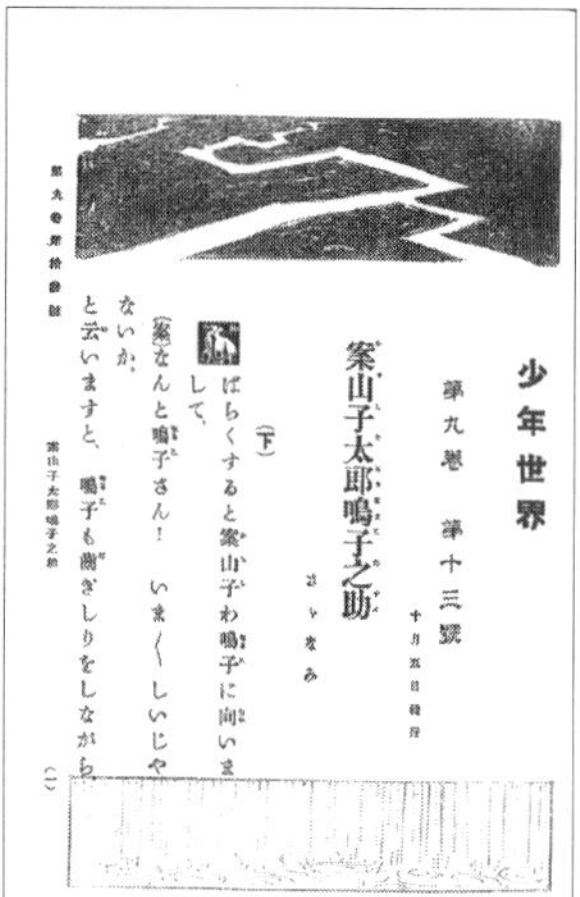
少年世界
第九巻 第十三號
十月五日發行

案山子太郎鳴子之助

さゝなみ

(下)

ばらくすると案山子わ鳴子に向いまして、
(案)なんと鳴子さん！ いま〳〵しいじゃないか、
と云いますと、鳴子も歯ぎしりをしながら

案山子太郎鳴子之助 (一)

「少年世界」第9巻第13号（明治36年10月5日発行）の表紙と、巌谷小波の連載誌面〔「少年世界 復刻版」名著普及会、愛知県図書館蔵〕から転載

論文の印刷してある『太陽』をくりひろげる事があったが、ある時その中にドイルの『金の鼻眼鏡』の翻訳を発見した。無論ドイルがどういう人であるかも知らないし、ポオの系統を引く短篇探偵小説など全く知らなかったのだが、兎も角も通読して、何とも云えぬ変てこな気持になった。

少年時代の僕を、何が活字へ引きつけていたかというと、それは活字のみの持つ非現実性であった。活字が描き出してくれる、日常の世界とは全く違った、何かしら遙かな、異国的な、夢幻の国への深い憧れであった。

その頃は、活字を見る度に別の世界を発見した。何という驚きであったろう。『太陽』は少し難し過ぎたし、初めて接したドイルを直ちに理解した訳ではなかったが、たしかにそれは子供心をビックリさせるものであった。又一つの全く新らしい異国の小都会が、そこにあった。

（前出「活字と僕と」）

乱歩がドイル物に開眼したのは、ずっと後年、早稲田大学時代というのが通説だが、たしかに読解力がつき内容をしっかり理解できたのは大学時代としても、「何かしら遙かな、異国的な、夢幻の国」の出現として探偵小説を印象に刻みつけたのは、小学生のころに名古屋の家の父の書斎で発見した雑誌「太陽」との触れ合いが最初なのである。

名古屋時代、平井家に溢れていたこの夥しい雑誌類が象徴しているのは何か？——というよりも、むしろ幼い乱歩にとって意味されていたものは何か？　それは間違いなく、中央から地方へと発信されてくるころの、近代モダニズムの波にほかならない。すなわち、それら中央発信の雑誌の活字は、名古屋という地方都市に住まう少年乱歩にとって、まさに遙かな都市文明の情報を、夢を帯びさせて運んでくる媒体の役目を果たしていたのだ。ちょうど田山花袋(10)を筆頭とする日本自然主義文学の台頭期であったが、平井家では「文芸倶楽部」も取っており、乱歩は花袋の『蒲団』をそこで読んでいる。感心はしなかったというものの、中央の新しい流行の小説に同時代的に接し得る環境ではあったわけである。

ついでに言えば、乱歩が小学校で講演した菊池幽芳『秘中の秘』が連

(10) **田山花袋**（1872-1930）群馬出身の小説家。尾崎紅葉のもとで修行したが、後に国木田独歩、柳田国男らと交わり、日本自然主義文学の流行を招き寄せた。「蒲団」「田舎教師」などの自然主義派の作品を発表し、その代表的な作家の一人。紀行文にも優れた作品を残している。

載された「大阪毎日新聞」はその名が示すとおり大阪発行の実業系新聞であって、周知の通りこの新聞は後明治四十四年、「東京日日新聞」と併合して関東方面での販路の基盤を獲得する。それまでに「大阪毎日」は関西北陸方面への販路開拓にも熱心で、全国紙への野心に燃えていた。そうした「大阪毎日新聞」の状況と、この当時の名古屋には「新愛知」「中日新報」「扶桑新聞」といった地元系列の新聞が盛んだったこととを鑑み併せると、名古屋在の平井家が「大阪毎日」を取っていたという事態は、繁男の関西大学卒業という履歴の他でも、より中央文化圏とのパイプという面において興味深い。

こうしてみると、乱歩自身が懐かしく思い返している文学にまつわる記憶は、母・きくに読んできかせてもらった新聞の続き物であるにせよ、「詩を解しなかった。いわゆる芸術的なものを、高度のものも低度のものも、ほとんど理解しなかった」とされる父・繁男の影響を、乱歩は無意識のところで存外に大きく被っていたのかもしれない。

なるほど、父の繁男は「幼年時代の素読のお蔭で漢文は少し読めたし、漢詩も読み下すことはできたけれど、自分ではほとんど詩作したこともなく、小説類は全くといってもよいほど読まなかった。女子の読みものとして軽蔑していた」人間ではあった。しかし、繁男は中央都市と地方都市とを繋ぐ積極的なパイプとしての役割を家中で果たし、母・きくの音読による文学のいわば身体的接触と並行して、活字という非人格的な文学摂取ツールを乱歩に与えたのである。活字の非人格性（=非人称性）は、その冷たさと表裏の関係で、入れ替わり立ち替わり、書き手を選ばず、誰の思想をも運ぶことができる。活字の世界では、古今東西のあらゆる思想の送り手が、次元・空間を超えて一堂に会することができる。ひとつの理想的な空中楼閣の出現を可能にする起因であり、乱歩がこうした活字で初めて出会った物語が、外国に出自をもつ探偵小説の翻訳物であったことは、時間と空間とを超える活字の可能性を肌身で体験したという意味で、さだめし運命であった。

そして乱歩は、生涯にわたって溺愛し続けた黒岩涙香の作品世界とも、この名古屋の地で出会った。その出会いもまた、名古屋という地方都市文化と乱歩とを鮮やかに対照させるものであった。

涙香との出会い——貸本屋大惣

黒岩涙香に寄せる乱歩の思慕は強烈である。

私は少年時代から、マニアに近い涙香ものの愛読者でした。今分かっているところでは、涙香の小説は、短篇なども合せて八十二篇、本になったものだけで六十四部あるのです。その内には「巌窟王」だとか「噫無情」だとか「幽霊塔」だとか、初版本では三冊四冊に分けて出版された大長篇も多いのですから、初版本で数えますと、本になったものがやっぱり八十二冊という大きな数になりますが、この八十二冊は一、二冊を除いて、私は全部愛読しています。中には二度三度くり返して読んだものもあります。それ程少年時代の私は涙香マニアだった訳

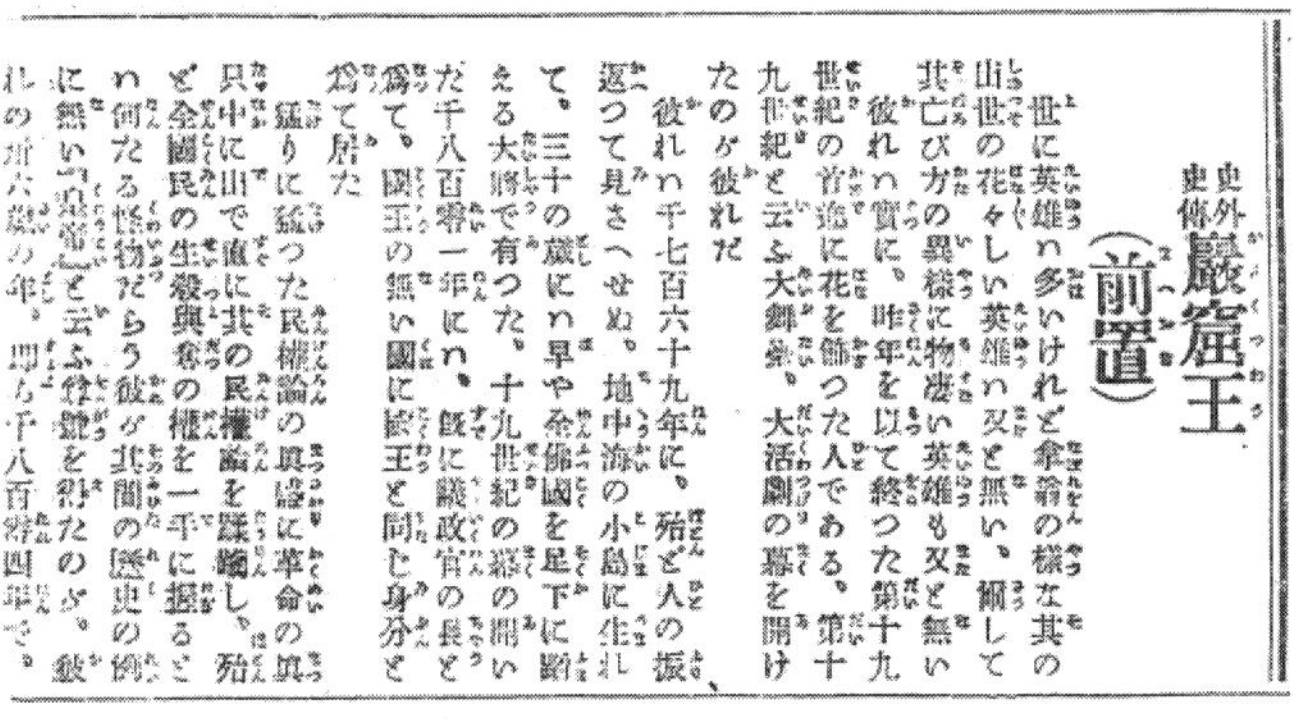
史外史傳 巌窟王（前置）

世に英雄は多いけれど拿翁の様な其の出世の花々しい英雄は又と無い、而して其亡び方の異様に物凄い英雄も又と無い
彼れは實に、昨年を以て終つた第十九世紀の首途に花を飾つた人である、第十九世紀と云ふ大舞臺、大活劇の幕を開けたのが彼れだ
彼れは千七百六十九年に、殆ど人の振返つて見さへせぬ、地中海の小島に生れて、三十の歳には早や全佛國を足下に踏まえる大將で有つた、十九世紀の幕の開いた千八百零一年には、既に執政官の長と為て、國王の無い國に國王と同じ身分と為て居た
猛りに猛つた民權論の興盛に革命の與中に出で直に其の民權論を蹂躙し、殆んど全國民の生殺與奪の權を一手に握るされ何たる怪物だらう彼が其間の歴史の例に無い『皇帝』と云ふ位置を得たのが、彼れの卅六歳の年、即ち千八百四年です。

「萬朝報」で連載された涙香「巌窟王」連載紙面から

です。

（乱歩「『島の娘』感想」昭和十二年）

日本探偵小説の祖とされる涙香は、「万朝報《よろずちょうほう》」を主宰して政治家の裏面を暴く鋭いジャーナリズム感覚を発揮する一方で、新聞の売り上げに貢献するため自ら筆を執り、外国の探偵小説を翻案というかたちで読み物に直して、明治期に探偵小説を大流行させた立役者である。彼の一種独特の翻案調の文体は、いったんはまり込むと、乱歩のように終生その影響下から抜け出せないほど魅力をもっていた。乱歩は少年時代に涙香に出会い、感銘を受けて以来、途中ポオやドイルといった外国探偵小説に惹かれた時代はあるにせよ、昭和になってからまた涙香賛美に戻ってきている。このように生涯を通じて敬愛し続けた涙香作品と、乱歩はどのようにして出会ったのだろうか。

乱歩の回想によれば、明治三十二、三年のころ、名古屋商業会議所の嘱託として多忙であった父・繁男の留守の夜長、つれづれをもてあました祖母と母が、茶の間の石油ランプの下で、貸本屋から借り出してきた小説本に読みふけっていたという。祖母は講談本のお家騒動物が好きで、母は黒岩涙香の探偵物の熱心な読者であったとされる。まだ字が読めなかった幼い乱歩は、母が借り出してきた涙香本の挿絵を眺め、母がおおまかに話してくれる怪奇な物語に胸をときめかせて聞き入っていたという。

長じて小学生、中学生となって、活字が読めるようになった乱歩は、今度は自身で貸本屋におもむき、せっせと涙香物を漁るようになった。

私はそのころ、月極め購読雑誌を「日本少年」から「冒険世界」（春浪主筆）に移していたが、そういう雑誌や、春浪の単行本などは近所の新本屋で求めたけれども、涙香初期の探偵ものは時代が違うので、新本屋では殆んど手に入らず、貸本屋から借り出して読んだものである。私は家からほど遠からぬ一軒の大きな貸本屋の定連となって、次々と涙香ものを借り出して来た。そのころの貸本屋の二大人気作者は涙香と村上浪六(11)で、この両作家の小説はどこの貸本屋の棚にも、たいてい揃っていたものである。

（乱歩『探偵小説四十年』昭和三十六年）

（11）**村上浪六**（1865-1944）堺出身の小説家。職を転々としていたが、明治二十三年「郵便報知新聞」に入社。編集長だった森田思軒の勧めで浪六の名を用いて書いた『三日月』が非常な世評を呼ぶ。以後、町奴の活躍を描く撥鬢小説で文名を上げ、大衆時代小説の流行を築いた。

この乱歩の家からほど遠からぬところにあった大きな一軒の貸本屋というのが、何という店であったかは特定できない。が、名古屋の出版文化を語るうえで重要な役割にある貸本屋「大惣」は、長嶋町五丁目にあり、広小路界隈の平井家とは地理的に近かった。

大惣――家号は胡月堂といったが――は、大野屋惣八の略称で、もともとは知多郡の出身。それが元禄か享保年間あたりに名古屋へ出てきて、岐阜枇杷島町坂町で酒屋を営んでいた。明和四年、店を長嶋町本重町へ移し、薬屋も兼業するようになる。このころから、大惣の主人は珍書・奇書を収集しはじめ、自身の娯楽の傍ら人にも貸し出すようになり、それが貸本屋業の始まりとなった。薬屋が繁昌しだすと、本（古書）を買い集めるための資金繰りも順調になり、しだいに貸本屋業のウェートが大きくなってきて、ついには薬屋の方が副業となってしまった。そして、大惣は日本一の古書の蔵書を誇る貸本屋として有名になっていくのである。

大惣に出入りした文人は数多い。江戸時代では、滝沢馬琴(12)、十返舎一

（12）**滝沢馬琴**（1767-1848）江戸時代後期の読本作者。山東京伝に弟子入りし、執筆に二十八年を費やした『南総里見八犬伝』は読本の最高傑作。黄表紙や合巻などの草双紙も多く書いた。

九[13]といった江戸の人気作家が、名古屋を訪れた際に大物に足を向けている。よく引かれる例だが、馬琴の『羇旅漫録』に、次のような名古屋の名店列挙の段がある。

呉服屋では　水口屋
煎餅屋では　岡山・姿見
狂言・衣装では　まく屋
鼓・太鼓屋では　春田屋
浮世絵屋では　駒新
唐絵屋では　月峰
紅・白粉屋では　鏡屋
造り花屋では　吹田屋
菓子屋では　宝屋
書店では　風月堂・永楽屋
貸本屋では　胡月堂

（13）**十返舎一九**（1765-1831）江戸時代の浄瑠璃・滑稽本作者。代表作は滑稽本の『東海道中膝栗毛』。初編で好評を得てからシリーズ化され、膝栗毛物として次々と続編が出され、ついに完結まで二十一年間の歳月が流れた。洒落本、人情本や読本、狂歌や書画などの他、「諸民通用案文」など啓蒙的評論も記した。

また、明治に入っては、なんといっても坪内逍遥(14)との関係が名高い。安政六年、尾張代官所の手代であった坪内平之進の子として生まれた逍遥は、明治二年に藩政の改革の影響で名古屋へ移り住み、那古野村広井字上笹島（現中村区広井町一の九）の家に入った。彼の十一歳のときのことである。逍遥の母は芝居好きだった。引っ越しの翌年から再興された橘町の芝居小屋へ、母は逍遥を連れて芝居見物に出向き、芝居の台本や、脚本のもととなった草双紙を借り出すために、我が子を大惣へ使いに出したという。逍遥はこうして貸本屋大惣の書籍と出会い、文学への志向を刺激され、後年、大惣をして「心のふるさと」と呼ぶほどになったのである。

大惣は、先方は無意識であり、不言不説であつたのだが、私に取つては、多少お師匠様格の働きをしてゐたといつてよい。とにかく、私の甚だ粗末な文学的素養は、あの店の雑著から得たのであつて、誰れに教はつたのでもなく、指導されたものでもないのだから、大惣は私の芸術的心作用の唯一の本地即ち「心の故郷」であつたとい

（14）**坪内逍遙**（1859-1935）岐阜出身の小説家、評論家、翻訳家、劇作家。評論『小説神髄』によって、小説はまず人情を描くべきで世態風俗の描写がこれに次ぐと論じた。この心理的写実主義によって日本の近代文学の誕生に大きく貢献した。また、その理論は小説『当世書生気質』によって実践され、後に二葉亭四迷によって批判的に継承された。小説のほか戯曲も書き、演劇の近代化に果たした役割も大きい。明治三十九年、島村抱月らと文芸協会を開設し、新劇運動の先駆けとなった。雑誌『早稲田文学』の成立にも貢献した。

へる。　（坪内逍遥「貸本屋大惣（其一）」／『逍遥全集』第十二巻）

この大惣は明治三十〜二年ごろ廃業してしまうので、乱歩が足繁く通い常連になった貸本屋であるかどうかは、残念ながらわからない。しかし、廃業となっても、その膨大な書籍群は処理するのに相当な時間がかかり、結局しばらくは貸し出しもおこなわれた。大惣の子孫である江口元三氏の言(15)に拠れば、明治三十年に父親であった四代当主がチブスで急逝したため、蔵書の一部分（約六千冊）を残し、他は売却して、大部分は東大、京大、上野図書館へ納めたという。そして、元三氏が小学校を卒業する大正六年まで、残本や活版物を母親が扱って営業を続けていたようだ。とすれば、乱歩の通った近所の大きな貸本屋というのも、大惣であったかもしれない。

その真偽はともかく、大惣は疑いもなく名古屋の貸し本業の中枢であり、その名が日本全国に知れ渡った――とくに江戸（東京）という中央との文化的流通を果たしたという点で、重要な位置にあるということは言える。逍遥のほかにも、大惣を訪れた中央の文人として二葉亭四迷(16)、

(15) **江口元三氏の言**　江口元三「我が家の歴史」（『特集・貸本屋大惣』／「貸本文化」増刊号　昭和五十七年）

(16) **二葉亭四迷**（1864-1909）尾張藩士の子として江戸で生まれた。小説家。坪内逍遥と交流を結び、その勧めで評論『小説総論』を発表。写実主義派の小説として発表された『浮雲』は言文一致体で書かれ、日本の近代小説の決定的な先駆となった。また、ロシア文学の翻訳にも業績を持ち、ツルゲーネフの「あひゞき」「めぐりあひ」は名訳として名高い。

上田万年[17]、井上哲次郎[18]、幸田露伴、尾崎紅葉、小栗風葉[19]といった名前を、江口元三「我が家の歴史」は挙げているのだ。

とかく閉鎖的と評され、その文化の射程が地元周縁で納まってしまうと言われる名古屋において、大物が果たした全国的知名度の任は大きい。なぜなら、この当時に幼少年期を過ごした作家は皆と言っていいほど、貸本屋の本にその感性の成長を促されているからだ。例えば、後年、乱歩と交流をもつことになる国民作家吉川英治[20]は、明治二十五年生まれで乱歩とほぼ同世代であるが、彼の回想記『忘れ残りの記』に次のような思い出が語られている。小学生の頃の回想である。

巌谷小波の〝世界お伽噺〟を知って、それに読み耽ったのもこの頃からである。ぼくの読書の初めといっていい。博文館の少年世界は、まだ少し難しい感があった。そこへゆくと、小波の世界お伽噺は菊判四号活字で読み易くもあったせいか、すでに何十種も出版されていたが、出ている限りの物はあらまし読んだ。

たしか定価は一部七銭だったと思う。家庭では、そうそう七銭の

(17) **上田万年**(1867-1937) 尾張藩士の子として江戸で生まれた。国語学者。東京帝国大学文科大学博語学講座教授に就任、比較言語学、音声学などの当時として新しい分野を講じ、もっぱら古文研究に勤しんできた日本の国語学界に、近代語の研究、科学的方法という新風をふきこんだ。円地文子の父。

(18) **井上哲次郎**(1855-1944) 哲学者。東京帝国大学教授。外山正一、矢田部良吉らと『新体詩抄』を刊行し世間に名を知られる。仏教からヒント得て現象即実在論を提唱。不敬事件に際してはキリスト教を激しく非難する。宗教の倫理化を説き明治日本政府の道徳主義に一躍をかった。

本は買ってくれないのである。牛島坂の上に、格子作りのしもたやがあって、そこの小母さんが玄関の上り三畳に書棚をすえ、その世界お伽噺から、金港堂のお伽文庫だの、日本偉人伝だの、イソップ物語だの、子供向きのものばかりをおいて貸本屋をしていた。

貸本のお伽噺は、すべて一冊一銭だった。だが、馴れて来ると、一銭持って一冊借りにゆき、格子の外から歩き歩き読み始める。そして読み終ってしまうと、途中から又、大急ぎで引き返して「小母さん、これはもういつか読んだ本だからほかのと取り換えてくんない？」とべつな本を借りて帰ったりした。

この手を何べんとなくやっているうちに、ある時、針箱の前から立ちもせずに振り向いた小母さんから「英ちゃん、これからは、あんたにだけは一銭で二冊ずつ貸して上げるから、いちいち私を二度ずつ立たせないでおくれね」といわれて、顔じゅう熱くなった気持はいまも忘れえない。

（吉川英治『忘れ残りの記』昭和三十六年）

吉川英治は横浜育ち。横浜と名古屋という離れた土地にいて、それぞ

(19) **小栗風葉**（1875-1926）愛知出身の小説家。明治二十四年、硯友社同人となり、明治二十九年『亀甲鶴』で幸田露伴の推賞を受け、新進作家としての地位を築く。明治三十八年から「読売新聞」に『青春』を連載し、流行作家となる。

(20) **吉川英治**（1892-1962）横浜出身の時代小説作家。職業を転々としながら大正三年に講談社の懸賞小説に『江の島物語』を投稿し一等に当選。その後、東京毎夕新聞社に入社。大正十四年『剣難女難』が大人気となる。昭和元年『鳴門秘帖』が大人気となり、時代小説作家としての地位を固め、『三国志』、『宮本武蔵』といった作品で国民的作家となる。

れの少年期を過ごしながらも、右の回想記に出てくる貸本屋への想いは少年時代のひとつの通過儀礼であるかのように、乱歩のそれと共通している。四号活字の巌谷小波『世界お伽噺』に夢中になった経緯は、乱歩の回想記にも出てきていた。ちなみに、吉川英治も小学生のころから学友と蒟蒻版の回覧雑誌や謄写版の同人誌をつくったりしている。「自分で雑誌を作ってみたい」という熱意は誰もが少年時代に経験するものだろうが、二人共に「文学者になりたいとか、将来、その方面にどうとかいう考えなどを（中略）いちども持ったことはな」かった。そのうえで、俳句を投稿したり和歌や新体詩で賞を取ったりしていた吉川英治に比して、乱歩の嗜好は活字へのフェティシズムという点で少しく区別されるかもしれない。『世界お伽噺』にしても、物語自体もさることながら、その四号活字というマテリアルな側面に過敏に反応し陶酔している点において、乱歩はやはりモダニズムの申し子であったと言える。横浜という開港地にいた吉川英治よりも、名古屋在の乱歩の方がよりモダンの性根を強く表しているのは、個人の資質もありつつも、前章で説明したように、名古屋という中央からの距離感がかえって影響したのかもしれない。

話を元に戻すと、乱歩が直接出向いたか出向かないかには関わらず、大惣の貸本屋としての全国的成功は、その近在の他の貸本屋をも活性化させただろう。そうして、乱歩が述懐するとおり、明治三十二～三三年ごろの名古屋は貸本屋の全盛時代となって、祖母や母を通して幼い乱歩の感性に影響を及ぼしていたのである。

貸本屋で漁った涙香本に耽溺して、乱歩は活字が媒介するモダニズムの空中楼閣に遊ぶことを覚えた。翻案物という涙香作品の特徴、そこに名古屋の貸し本業が担っていた中央とのパイプ、それらも諸々関与しあって、この空中楼閣は異国＝別世界への入口となって乱歩を作家の人生へと誘った。

以上が、乱歩と活字との出会いであるが、さてこの空中楼閣を支えた柱には、活字の他にいまひとつ、重要なメディアとの出会いがあった。明治の近代化から、大正・昭和のモダニズムへと移行していく契機に登場したメディア――映画である。乱歩はこの映画とも、名古屋で最初に対面しているのだ。

ジゴマの夢――名古屋御園座

かつて評論家蓮實重彦(21)は、次のように宣言した。

「映画と文学」といった問題を論ずることほど退屈な試みもまたとあるまい。退屈なというのは、思考にとっていささかも生産的な刺激とはなりがたいという意味である。というのも、映画と文学といったたぐいの主題は、両者の比較を暗黙のうちに要請しているからだ。この並置の接続詞の「と」は、ほんらいであれば、それによって結ばれたものの同時的共存を肯定する機能しか持ってはいない。ところが多くの場合、この接続詞は、思考を比較へとかりたてずにはおかないのだ。映画がありそして文学もあることを容認するのではなく、誰もが、それはたがいにどのように似ており、どんな違いがそこにあるかなどと考えずにはいられないのだ。

(21) 蓮實重彦(1936-) フランス文学者、文芸評論家、映画評論家、小説家、編集者。

（蓮實重彦『映画　誘惑のエクリチュール』昭和五十八年）

このように断言されてしまうと、いまから論じようとしているまさにそのテーマが、最初から否定されてしまうようで、なんとも居心地悪いのだが、しかし、もし「映画」も「文学」も、それぞれが独立して並置されるメディアでありつつ、なおそこにある〈夢を運ぶツール〉としての機能で意識されていたとするなら、以降の論もあながち単なる比較論には陥らずにすむだろう。

そうした見通しで、乱歩における「映画と文学」について、名古屋という視点から迫ってみる。その端緒は、実にオーソドックスな、換言すればこれぞまさに時代そのものといった体験で、乱歩の人生に登場していることに注目されたい。

日本に初めて活動写真が公開され、汽車が驀進《ばくしん》して来たり、波濤や滝の実写を見て、夢を生み出す機械の魔力に驚嘆したのは、私の小学校初年級の頃であったと思う。しかし劇映画として最も強く私の魂を動かしたのは、小学上級生の頃、当時の名物弁士スコズ《ママ》ル大博士が名古屋の御園座へ持って来たピアノ伴奏の「ジゴマ」であった。友達と二人で同じ映画を三晩つづけて見に行ったことを覚えている。「カリガリ博士」に心酔したのはそれから又十年余り後であったが、小学生時代の「ジゴマ」と大学卒業後の「カリガリ博士」と、感銘度に於ては殆んど同じであった。
（乱歩「探偵映画往来」昭和二十三年）

怪盗ジゴマの活躍を描いた活動写真「ジゴマ」が日本で最初に封切られたのは、明治四十四年浅草金竜館だった。「ジゴマ」は、もともとはフランスのマタン紙に掲載された探偵物を、怪盗ジゴマの神出鬼没の活躍とそれを追う警官とのスリリングなチェイスに重点をおいて映画化した作品である。日本で公開されたとたんに子供たちの間で爆発的な人気を呼び、「ジゴマごっこ」という遊びが大流行した。「ジゴマ」の人気をあてこんだ亜流の映画も陸続と現れ、またいまで言う映画のノベライズ作品のような翻訳小説まがいのものも出版されるほどだった。伊藤秀雄の『大正の探偵小説』（平成三年、三一書房）には、「ジゴマ」映画に便乗した諸々の出版物が紹介されている。以下、参照させてもらうと、明治四十五年にマタン紙掲載の原作を翻訳した桑野桃華『探偵小説　ジゴマ』は、「原作を主としてこれに活動写真の筋を加えました」というもので、原作に触れる機会がなく映画でのみ「ジゴマ」を知っている読者への便宜をはかった企画とされている。これを手始めに、大谷夏村訳『ジゴマの再生　探偵奇譚ニックカァター』（大正元年）なども現れ、ジゴマの女性版の活躍を描く『探偵奇談　女ジゴマ』だのといった本まで刊行された。押川春浪も「ジゴマ」の影響下で『恐怖塔』を書いているし、江見水蔭にも『三怪人』なるジゴマ物があるくらいだ。

さて、このように一時代を画したかのような流行を見せた「ジゴマ」は、しかし、風俗を乱すという名目のもと、あまりな子供たちへの悪影響も考慮されて、映画公開が禁止され、また大正元年十月にはジゴマという名称を用いた興行はいっさい禁止されるという事態になった。換言すれば、それほどの魅力がこの「ジゴマ」にはあったわけだ。したがって、幼い乱歩が三晩続けて見に行ったというのも、肯《うなず》ける話である。

乱歩が「ジゴマ」を見に出かけたのは、名古屋は御園座《みその》である。当時もいまも、御園座は名古屋の興行施設として最高位にあるが、名古屋モダニズムの発展途上で御園座の果たした役割とは何だったのだろうか。

御園座は、名古屋市内で精藍問屋を営んでいた長谷川太兵衛が、名古屋市南園町から南伏見町にかけての千六百七十八坪の土地を買収して明治二十九年に着工し、翌三十年に完成させたルネッサンス式洋風建築の高級娯楽施設である。『御園座百年史』（平成十一年）は、創立当初の経過を以下のように説明している。

その太兵衛氏が、名古屋に一流の劇場を造ろうと決心したのは、「自分の小屋に好きなものをかけて、皆と一緒に楽しみたい」という思いのほか、当時の名古屋の芝居小屋の古い構造に不満を抱いていたからである。東西の大劇場で芝居を見るような観劇気分にひたることができない。この先の名古屋の発展を考えれば、高級な娯楽施設があるべきだと、道楽心を起こした。

（『御園座百年史』平成十一年）

長谷川太兵衛は、精藍問屋を営む傍ら、愛知県会議員や名古屋市会副議長、米穀取引所理事長を務めた名士としての実力があった。したがって、右の解説に見るとおり、彼は自身の道楽もさることながら、名古屋の都市としての近代化促進には、鉄道や紡績産業といった殖産興業の推進の他に、文化の発展としての面も重要であることを洞察していたと言える。

長谷川太兵衛は、その志のもと、明治二十八年に京都、大阪、東京の三大都市の劇場を視察しに回った。結果、彼のめがねにかなった劇場は、東京の明治座（明治二十六年創立）であった。名古屋に戻った長谷川太兵衛は、さっそくこの明治座を理想のモデルにおき、御園座設立に乗り出す。こうしてできあがった名古屋一の高級娯楽施設は、次のような建築となった。

劇場本館は、明治三十年四月中旬に完成。外観は、左右に大きなドームのあるルネッサンス式洋風建築で、正面入口の上には、「抱蜻蛉」の座紋が掲げられた。玄関の左側には、餅文、杉本、吉山、あき津、岩井の芝居茶屋五軒が、ずらりと並ぶ。場内は、高い天井に大きなシャンデリアがつるされ、客席はすべて桟敷。一階の花道と仮花道の両側が四人詰め、平場が二人詰め、二階に六人詰めの枡席があり、後方に、大入場（自由席）と一幕見があった。枡席の定員は、一階九百六十四人、二階二百五十二人で、合計千二百十六人。舞台は、間口十間半（一九メートル）、奥行九間（一六・三メートル）。手動式の大小二つの蛇の目回しの回り舞台があった。

ちなみに入場料は、木戸が一人十三銭、桟敷は二人詰め二円十銭、四人詰め四円二十銭、六人詰め六円三十銭、大入場に一人につき三十五銭と二十五銭、一幕見は一人につき五銭から三銭である。そのほか敷物代や、木戸から入った客は、菓子・弁当・すしの三品セットを三十銭で買い、上等の客は芝居茶屋で食事をとる仕組みになっていた。

当時の名古屋には、南桑名町に千歳座、本重町に新守座、南伏見町に音羽座、大須に宝生座、末広町に末広座などがあったが、それらに比べてひときわモダンな新しい劇場の出現に、名古屋の市民は驚異の目をみはった。

（前出『御園座百年史』）

御園座は、名古屋という地方都市にとってモダニズムの新しい波を象徴する建物として現れたことがわかる。『尾張名所図会』などに描かれた千歳座や末広座の、木戸小屋の規模を大きくしたばかりの昔ながらの素朴な外観と比べると、設立当初の二つのドームをもつ御園座が如何に威容＝異様な建築として人々の目に映じたかが想像できる。ちなみに明治三十三年の時点では名古屋市内には十五の芝居小屋が存在していたとされる。

ついでながら述べておくと、御園座は二度に渡る火災に見舞われ、そのつど再建されたが、昭和十年の改装、および昭和二十二年の復興、そして昭和三十八年の再復興と、時を経てもそのモダン建築への志向は変わらずに現在に至っている。

御園座のこけら落としは、明治三十年五月。初代市川左団次を呼んで、『浜真砂蒔絵高島』『鎌倉山鶴朝比奈』といった歌舞伎演目を披露した。

が、御園座は、歌舞伎専門の施設ではなく、同年七月には川上音二郎の壮士劇演じる『八十日間世界一周』、十二月には新演劇好美団の『勧善懲悪園のいろいろ』などといった新傾向の出し物を見せている。さらに明治三十二年には、一昨年に来日して以来大都市興行で大評判をとっていたイギリス人ダークの人形一座を呼び、糸操り人形劇による「骸骨おどり」や「怪物ホテル」を上演させた。海外の舞台への関心で観客が詰めかけ、ロングランとなった。実際にこの舞台を乱歩が見たかどうかはわからないが、演題を聞いただけで、なんとはなく乱歩の作品世界に近しいものを感じさせておもしろい。そして、この年に初めて御園座は興行に活動写真を取り入れている。明治三十二年九月、駒田好洋一行の活動写真公開というのがそれで、『日本橋通り三井店繁盛の光景』とか、『宴

御園座（松山昌平氏提供）

会の図および東京新橋・柳橋・吉原の風景』とかいった上映作品で、ストーリー性のあるものではなかったが、物珍しさで観客は喜んだという。

明治三十三年に至ると、アメリカ人ヴォーンの自転車曲乗り一座だのといったサーカスの類で舞台を賑わせ、翌三十四年には正月に松旭斎天一の奇術を呼び大評判をとって、これもロングランとなった。

ことほどかように御園座は、名古屋の中心地にあって、日夜都市に生きる人々のモダンな娯楽を開発し提供していったのである。御園座は高級娯楽施設という目標のもと、中央あるいは関西大都市で一流と賞賛された芸人を積極的に招待することに努めた。それと同様の志向でもって、映画＝活動写真というモダンの最先端メディアをも頻繁に掲げ、観客もまた大いにそれを歓迎した模様が記録となって残っている。御園座は、伝統芸の公演ばかりでなく、さまざまな近代的娯楽を提供し続けることによって、芸どころ名古屋という土地での興行界に君臨しようと積極的に努めた。例えば明治四十一年の御園座では、四月の歌舞伎公演の際に毎日午後五時までの入場者に抽選で景品を与えるサービスが設けられ、「このサービスは名古屋の興行界の競争の激化を示している」と、『御園

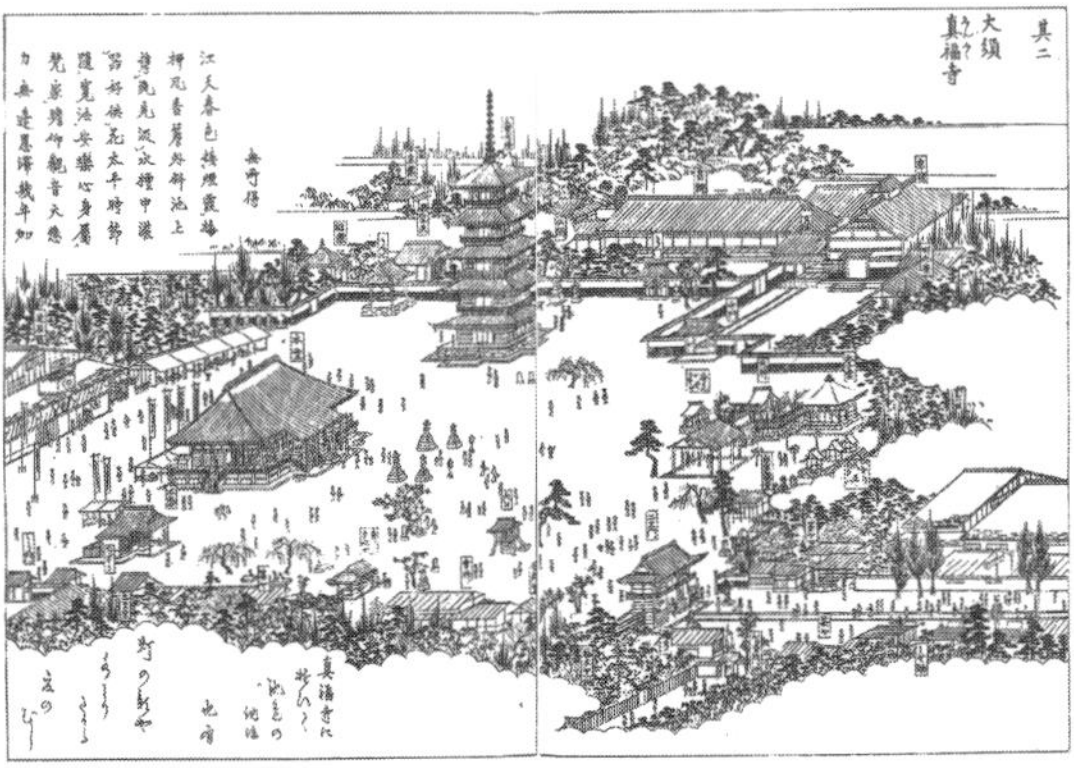

大須真福寺　左端に芝居小屋が見える（『尾張名所図会』から）

座百年史』は語る。この解説には、もともと名古屋の芝居興行のメッカが大須であった経緯を念頭に置いておかないと、充分には把握できない。

芸どころ名古屋と謳われ、名古屋の一大盛り場として、東京の浅草と並び称された大須は、江戸時代から見世物や芝居興行で大いに賑わった地区であった。中心は広小路から南に広がるあたりいったいの寺社密集地で、南寺町界隈と呼ばれる区域。芝居や見世物が元来寺社に奉納する芸能というルーツを持っていることもあり、若宮八幡宮、真福寺（大須観音）、清寿院、西本願寺掛所、東本願寺掛所といった寺社の境内において芝居小屋および見世物小屋は発展

(22)『**猿猴庵日記**』　尾張藩士・高力猿猴庵が残した文化・文政期の見世物の記録。

(23)『**鸚鵡籠中記**』　尾張藩士・朝日文左衛門が貞享元年から享保二年にかけて名古屋城下の風俗を記録した日記。

(24) **葛飾北斎**（1760-1849）江戸時代の浮世絵師。生涯に三万点を越す作品を発表し、版画の他、肉筆画にも傑出した。さらに読み本挿絵芸術に新機軸を出したこと、北斎漫画をはじめ絵本を多数発表して毛筆による形態描出に敏腕を奮い、絵画技術の普及や庶民教育にも益するところが大であった。葛飾派の祖となり、ゴッホなどフランス印象派にも影響を与えた。代表作に『富嶽三十六景』『北斎漫画』

などがある。

した。その歴史は古く、尾張藩七代藩主・徳川宗春の治世下から殷賑を極め、『猿猴庵日記』[22]や『尾張名所図会』に克明に描かれた。また、宗春治世に先立つころ、芝居好きの藩士・朝日文左衛門による『鸚鵡籠中記』[23]においても、はや愛され記録されるべき場所として南寺町一帯は登場している。文化十四年には江戸の浮世絵師・葛飾北斎[24]も訪れ、彼は西本願寺掛所で特大の筆で大達磨の絵を描く見世物を公開しているのだ。

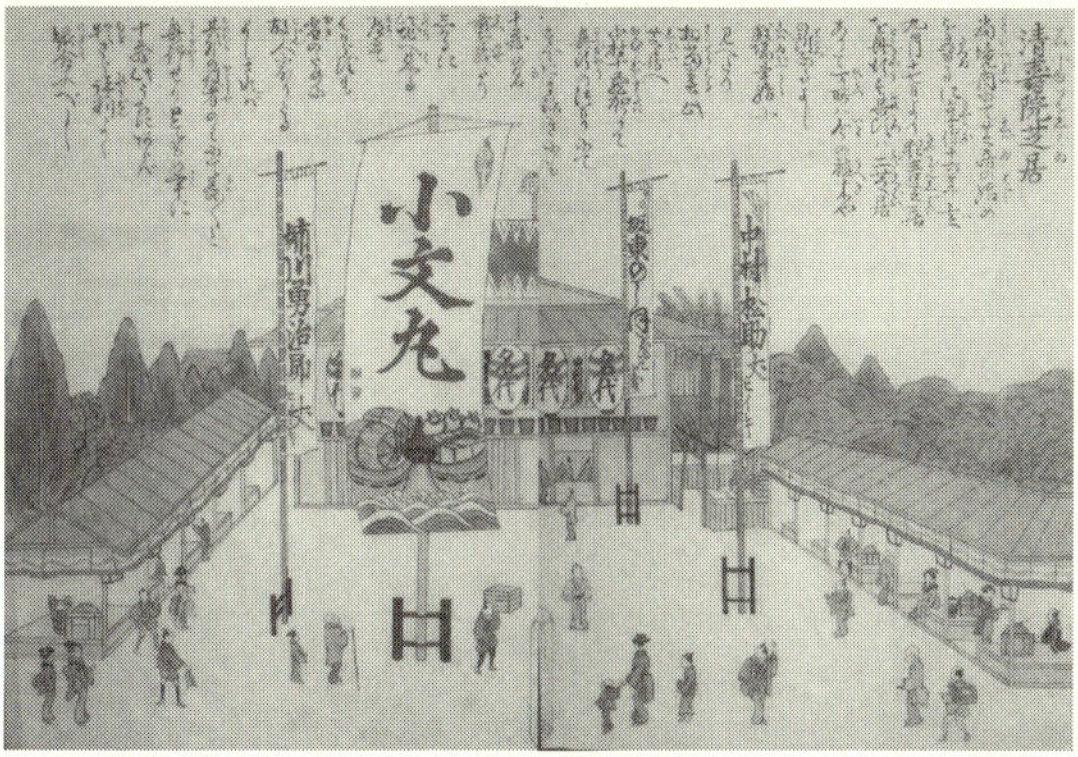
清寿院芝居のにぎわい（小田切春江『天保名陽見聞図会』から〔名古屋市鶴舞中央図書館蔵〕）

　こうした伝統的な土地柄である南寺町に、いわば御園座は対抗するかたちで現れた。長谷川太兵衛が買収した土地は、南寺町にまさに対置する広小路以北の御園町および伏見町だったのである。太兵衛の意図が明らかに名古屋のモダニズム都市への脱皮にあったことが、これによって明白にうかがえよう。しかも南寺町の興行界は、江戸以来の歌舞伎、細工見世物、曲芸などに加えて、明治に入ってからはサーカス(曲馬団)をも興行にあてこんでいる。それなりに時代に対応しようとしていたのだ。

したがって、御園座が南寺町の一歩先を進んで名古屋興行界の近代化の雄になろうとするなら、活動写真の上映は有効な手段であったのだ。御園座が明治期から活動写真上映を頻繁におこなっているのは、そうした熾烈な競争の背景があるとも考えられる。後年、大須界隈も映画館が林立するが、ほとんどが大正時代に入ってからであり、ゆえに乱歩が名古屋で映画という最新モダニズムメディアと触れ合おうとしたときには、まさしく御園座はその機会を与えられる格好の場所であったのだ。

では、乱歩が実際に見に出かけた「ジゴマ」は、いつごろ御園座にかかったのだろうか。残念ながら『御園座百年史』には「ジゴマ」上映の記載がない。ただし、明治四十年の項に、次のような記述がある。

六月一日から、駒田好洋の戦後国民啓発活動写真会。駒田は、日本で初めて映画の興行を行った広目屋の店員で、全国を巡業した最初の活動弁士。「すこぶる非常」を連発する巧みな弁舌で人気を集めた。この時から『ロビンソン漂流記』『アリババ浮沈物語』など、筋のある作品も上映された。
（前出『御園座百年史』）

乱歩の回想に、「当時の名物弁士スコズル大博士が名古屋の御園座へ持ってきたピアノ伴奏の「ジゴマ」」とある。乱歩の言うスコズル大博士こそ、この駒田好洋のことであるだろうから、この情報に、乱歩が「ジゴマ」を観たのが「小学上級生の頃」という条件を合わせると、おそらくは明治四十年かあるいは四十一年ではなかったかと推測される。『御園座百年史』にも、明治四十年と四十一年は映画興行の多かった年と説明されているから、ほぼこの推測は正しかろう。

御園座は、フランス映画「ジゴマ」の夢を幼い乱歩にかいまみさせた。遠い異国のサスペンスが、地方都市に威容＝異様を誇るモダニズム建築で伝えられる不思議さ。その興奮。懐かしく当時の感動を思い起こす乱歩に比して、一方、生涯の盟友として昭和二年に名古屋まで乱歩を追いかけてきた横溝正史は、「ジゴマ」に対しては次のようなそっけない感慨を洩らすにすぎない。

当時はまだ映画という呼称はなく、活動写真、あるいは単に活動と呼ばれていた。われわれが神戸二中に入ったのは大正四年だが、その前年が一九一四年である。その年の六月二十八日セルビヤの銃声一発、バルカン半島が火を噴き、それが全ヨーロッパに炎《も》えひろがり、世界大戦にまで発展していったのであると、当時の実写の活弁さんが声張りあげて語っていたのを私はいまでも憶えている。

　この世界大戦のはじまるまえ、即ち私が小学生時代日本へ入ってきた外国の活動写真は主としてヨーロッパ製であった。「新馬鹿大将」はイタリヤ製で「マックス・リンダー」はフランス製であった。一世を震撼させた「ジゴマ」なども私の小学生時代であったが、フランス製であった。江戸川乱歩の「屋根裏の散歩者」に出てくる「プロテヤ」などもフランス製ではなかったか。

（名古屋名所）大須中店　寺城には浅草千日前と同様劇場、活動写真、飲食店其の他各種の興業物等が隙間なく立並んで居る。其の賑さ細客晝夜の別なく市中の繁華は一にこゝの一小區に集つて居る。

大須中店

ところが世界大戦勃発でヨーロッパ製の活動写真が途絶すると、それに代わってのしあがってきたのがアメリカ製であった。当時はすべてが幼稚だったけれど、アメリカ製はことに幼稚だった。それにもかかわらずアメリカ製のそれがあんなにも世界に受け入れられ、ついにハリウッドが世界制覇をとげたのには、いろんな理由があるだろうが、ヨーロッパ映画にくらべると底抜けに明るかったのと、もうひとつには俳優たちの演技が自然、いまの言葉でいえばリアルだったからではなかろうか。少なくとも心情いまだ幼かりし私にはそう感じられた。私の小学生時代喜劇の王様だった新馬鹿大将やマックスの演技には、どこか舞台臭が感じられてアザとらしかった。それにとって代わったチャップリンの演技は自然であった。「ジゴマ」のアリキエール氏や「プロテヤ」のジョセット・アンドリオ嬢（当時はそう呼んでいた）の演技よりも、二挺拳銃のウィリアム・S・ハート氏や銀幕の女王メリー・ピックフォード嬢のほうが自然でもあり、明るくもあった。（横溝正史「一杯亭綺言」昭和四十九年）

横溝正史にとって、フランス映画「ジゴマ」の陰惨な悪夢（先に触れたように、現に子供に悪影響を与えるとのことで興行禁止になった）よりも、アメリカ映画のリアルで楽しい健全なドンパチの方が思い出に残ったのである。このあたりに、筆者としては、乱歩と正史という、探偵小説創始期の二大巨頭の資質の差を見出したい気もするのである。

いわく、どこまでもモダニズムのグロテスクな面に執着した作家・乱歩と、同じモダニズムの洗礼を受けながらその明るいナンセンスの方向で「新青年」誌面を一新した編集長・正史との、昭和二年における追跡劇の予兆は、すでに二人の幼年期の思い出中に萌芽していたのだろう。

そして――時は流れ、敗戦を経験した戦後の昭和二十一年。横溝正史は『本陣殺人事件[25]』をひっさげ、本邦初の本格長篇探偵小説のスタートを切る役割を果たすことになる。名探偵・金田一耕助のデビュー作となったこの作品は、岡山という地方都市で起きた事件という設定が採られた。ここで、奇しくも横溝正史は、かつて盟友・江戸川乱歩が体感した中央と地方都市との文化的懸隔を、敗戦後の日本の世相において追体験するような立場に置かれた。疎開から戦後しばらく滞在し続けた岡山

(25) **本陣殺人事件**　昭和二十一年一月から十二月にかけて「宝石」に連載された、横溝正史の戦後長編第一作であるとともに、日本の本格推理長編の出発となった記念碑的作品。名探偵・金田一耕助はこの作品でデビュー。横溝の疎開先である岡山の旧家を題材に、ディクスン・カーばりのストーリーテラーの醍醐味を換骨奪胎して、日本家屋の中の密室トリックに挑戦している。

での生活を東京と引き比べた文章を、正史は次のようにものしている。

　正直の話、八月一日の朝、汽車が品川から東京へ近づくにつれて、私は腹の底がつめたくなるやうなかんじだつた。なんの因果で、こんなところへかへらねばならなかつたのかと、臍をかむ気持だつた。足かけ四年住んで来た岡田村字桜に、はげしいホームシックをかんじた。出来ることなら、このまゝもう一度アザ桜へすつとんでかへりたいと思つたくらいである。

　車窓から見た沿道の風景——私にはたゞ浅間しいとしかかんじられなかつた。何が浅間しいのか、それはひと口には云ひにくい。何もかもが浅間しいのである。マツチ箱みたいな簡易住宅も浅間しければ、まだ片附かない瓦礫の堆積も浅間しく、もつとも下等な植民地的風景も浅間しく、取分け

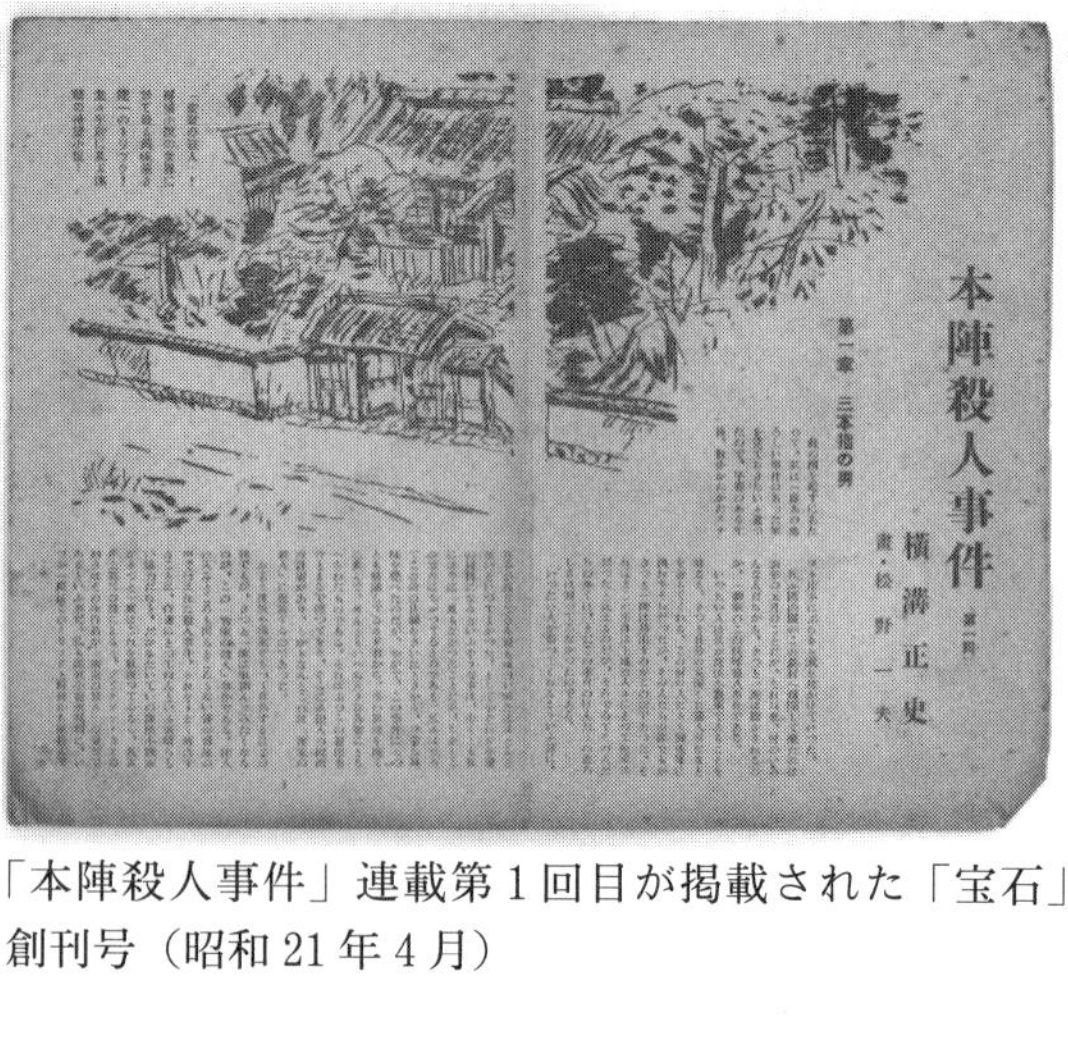
本陣殺人事件 第一回
横溝正史
畫・松野一夫
第一章 三本指の男

「本陣殺人事件」連載第１回目が掲載された「宝石」創刊号（昭和21年４月）

て浅間しいのは、雑然乱然たる家庭菜園のたゞずまゐである。
こんなことを言ふと、都会の生活苦とたゝかつてきた人達に対して、ひどく同情がないやうに聞こえるかも知れないけれど、浅間しいものは浅間しいといふよりほかにみちはない。そこには何の秩序も計画もない。たゞいきあたりばつたりとしか見えない。それが私には浅間しいのである。

（横溝正史「田舎者東京を歩かず」昭和二十三年）

昭和二十三年といえば、まだ敗戦の色濃い騒然とした世相であるが、正史が疎開した岡山は空襲にも遭わず、戦後はむしろ東京よりも物資（特に食糧）が豊富であった。加えて、この岡田村字桜という土地は、正史の父方の郷里でもあり、それがため東京から疎開した正史一家は余所者扱いされることもなく、しごく平穏に戦後数年の時期を送ることができたのである。横溝正史は、転地によってその作風が一変する特徴があるが、この岡山滞在が正史にもたらした創作資料の影響は大きかった。
こうした次第は、まさに正史自身が苦笑をもって述懐するごとく、あれほどの都会人であった正史をして隠居性を帯びさせるきっかけになった。

しかし、さうはいふもの丶、私はやっぱり都心へ出てみたいとは思はない。その昔、神戸の雑パクな繁華街のすぐ近くにうまれて、一日も雑踏なしには暮せなかつた私だのに、病気をして数年間、信州でチツ居生活をしてゐる間に、隠居気質が身にしみてしまつたらしい。

岡田村アザ桜から、成城(26)へ引越してきたが、ところはかはれど品かはらず、桜の隠居が成城の隠居となつたまでのことで、隠居は隠居、自分は依然としてチツ居生活をつゞけるつもりである。武田麟太郎君みたいに疎開先から引揚げてきて、「田舎者東京を歩く」なんてウレしがつてゐたのはよいが、トタンにメチルはなさけない、だから、自分はこゝ当分、田舎者ゼツタイに東京を歩かず、といくつもりである。

(前出「田舎者東京を歩かず」)

(26) 横溝は昭和二十三年、長男の早稲田大学進学を機に帰京し、成城に移り住む。

明智小五郎の後を引き継ぐ人気で知名度をあげていく金田一耕助は、こうした正史の都会忌避の感情の中で、地方に残存する封建文化を拠りどころとして活躍するようになる。かつて、昭和二年前後、「新青年」誌上をナンセンス調で一新し、結果的に乱歩をモダニズム回避の袋小路へ追いつめた形になった正史の、これが戦後の姿であることに感慨を覚えざるを得ない。

一方で、戦後の乱歩は、戦前の隠居性を拭い去って「別人のよう」と評されながら、探偵小説復興のために社交的、且つ政治的人間として変貌する。乱歩は探偵小説関係者を引き連れて、夜の東京歓楽街をさまよい歩く。後年、新進作家として探偵小説界で活躍した人々は、ありし日の乱歩を囲んで皆で飲み屋をはしごした思い出を回想しているが、その乱歩の姿は、秘めた内心はどうであれ、戦前の〈孤独な散歩者〉とはまるで異なっていた。

山村正夫(27)は、昭和二十七年頃から三十年頃にかけての乱歩との夜な夜なの彷徨を、〈新宿花園の青線時代〉と呼び、懐かしく回想している。ちょうど当時、作家の朝山蜻一(28)が新宿花園神社裏に住んでおり、地理的

(27) **山村正夫**（1931-1999）小説家。大阪生まれ。中学時代に「宝石」へ短編小説を持ち込み、「宝石」編集部アルバイトとなる。『推理文壇戦後史』（昭和四十三～平成元）や『わが懐旧的探偵作家論』（昭和五十一）で日本探偵小説史の貴重な語り手となる。代表作は『湯殿山麓呪い村』（昭和五十五）。

(28) **朝山蜻一**（1907-1979）小説家。東京生まれ。昭和二十四年、「宝石」誌上の百万円懸賞コンクールに「くびられた隠者」を投稿。「別冊宝石」に掲載され、作家として出発する。桑山裕という名義で純文学系雑誌にも作品を発表。

(29) **大河内常平**（1925-1986）小説家。東京生まれ。昭和二

便宜性から朝山宅が探偵小説作家の溜まり場となったのだ。

夜になるとネオンの灯恋しさに、家で原稿を書いていても、ソワソワとして気持ちが落ちつかなくなってくる。朝山氏の家へ電話をかければ、推理作家の誰が来ているかが即座にわかるから、それを確かめた上で飛び出すのだ。締切がギリギリでもない限り、あたりが暗くなると、もう矢もタテもたまらなかった。私の場合はチョンガーだったので、その点は気が楽だった。

（山村正夫『推理文壇戦後史』昭和五十九年）

こうして山村が合流した朝山宅での探偵小説作家には、乱歩の他に、大河内常平、[29]角田喜久雄、[30]水谷準、城昌幸、高木彬光、[31]山田風太郎、[32]香山滋、[33]大坪砂男、[34]千代有三[35]らがいた。彼らは朝山宅からいっせいに花園町へ繰り出し、『リリー』と『みどり』という店の常連となっていたという。

十五年に「宝石」誌上の百万円懸賞コンクールに「松葉杖の音」を投稿し、作家として出発する。

(30) **角田喜久雄**（1906-1994）小説家。横須賀生まれ。大正十一年、「毛皮の外套を着た男」（「新趣味」）で、弱冠十九歳で作家デビュー。後、精力的に探偵小説を発表し続け、江戸川乱歩、横溝正史とも親しい。やがて時代小説にも筆を執るようになり、『妖棋伝』（昭和十一）で伝奇物の道を開拓。『高木家の惨劇』（昭和二十二）で横溝正史とともに本格推理長編勃興の貢献者としての務めを果たした。

(31) **高木彬光**（1920-1995）小説家。青森生まれ。占い師の薦めで書いた『刺青殺人事

乱歩先生はその二つの店のどれかに、毎夜のごとく会の流れできておられた。

当時、花園へ繰り出した私たち若手の推理作家連を、先生の一党か取巻きのようにいう者もあったが、それは当っていない。確かに先生には随分と散財をかけたが、別にふところ目当てのさもしい根性で集まったわけではなかった。土曜会のような公式の席では、先生のような大家とじかに口をきくことなど、思いも寄らなかった。少年時代からの憧れの的だった作家を、いつも遠くの離れた席から、畏敬の目で眺めるのがせきの山だった。

したがって、そういう寛いだ場所で、裃を脱いだ裸の先生に親しく接し、ざっくばらんに私的な会話を交わすことができたのは、あの先生を中心にした毎夜の乱痴気騒ぎがあったればこそだと、いまでも思わずにはいられないのだ。

（前出『推理文壇戦後史』）

この頃の新宿花園町は、混み入った路地が複雑に交錯し、小さく怪しげな店がネオンの光をまたたかせ、山村曰く「昼間はゴミ溜めのよう」

件』が江戸川乱歩に認められ、昭和二十三年に刊行、作家デビューしたエピソードは有名。以後、名探偵・神津恭介物で本格推理探偵小説を次々に発表。戦後は、『人蟻』（昭和三十五）や『白昼の死角』（同）といった名作を生んだ。

(32) **山田風太郎**（1922-2001）小説家。兵庫生まれ。東京医科大学在学中に「宝石」に投稿した「達磨峠の事件」（昭和二十二）で作家デビュー。やがて『甲賀忍法帖』（昭和三十四）を嚆矢に異色の忍者物を開拓し評判になる。後、『警視庁草紙』（昭和五十）から始まる一連の明治物で、新しい歴史物の可能性を見せた。

（33）**香山滋**（1904-1975）小説家。東京生まれ。「宝石」

でありながら、夜は「文字どおり紅燈の巷と呼ぶにふさわしい歓楽街」と変ずる場所だった。昼と夜、一瞬で切り替わる都会のマジカルな様相――名古屋での幼少時体験を経て、モダニズムの真髄をアンバランスな不調和美に求めた乱歩の視界に、戦後の東京はどのような歪んだ真珠として映ったのだろうか。

戦後の横溝正史が不調和を嫌悪して、完成された封建美の面影の再現に努めた態度と比して、或いはむしろ乱歩こそモダニストの理想を最後まで追求した闘士であったかもしれない。そして、この新宿花園町青線界隈は昭和三十二年、売春防止法によって特飲街が廃止される。あたかも名古屋は大須旭遊郭が寂れいった経緯と二重写しになるように。

の第一回短編懸賞に投稿した「オラン・ペンデグの復讐」（昭和二十二）で作家デビュー。秘境の夢にロマンを求める作風は、やがて東宝映画『ゴジラ』の原作者として結実した。

(34) **大坪砂男**（1904-1965）小説家。東京生まれ。佐藤春夫の門下として、その推薦により、「天狗」を「宝石」（昭和二十三）に寄せ、作家デビュー。

(35) **千代有三**（1912-1986）鈴木幸夫の別名義。評論家、翻訳家、小説家。大阪生まれ。評論家、ヘイクラフト編『推理小説の美学』の翻訳や、著書『英米の推理作家達』（昭和五十五）といった評論面の活動で戦後の日本推理文壇をサポートした。

エピローグ　ふたたび大須ホテルへ

こうして、我々は再び、第1章冒頭の大須ホテルの一夜にまで帰ってきた。

もちろん、横溝正史が江戸川乱歩に名古屋で追いついた事態は偶然のしからしむるところでもあっただろう。しかし、たとえ偶然の事態であったとしても、その夜、名古屋は大須ホテルのトイレに流されてしまった原稿は、はたして後の名作『押絵と旅する男』と本当に同じ作品であったかどうかをつい考えてしまうとき、モダニズムに感性を育てられながら、それが世相を覆い尽くす過程で均質化していくことに過敏に反応し、嫌悪し、あくまで別世界への入口としての空中楼閣を欲した乱歩の、まるで歪んだガラス越しに見るようなモダニズム文明との付き合い方が興味深いのだ。

かつて乱歩は、教科書に使用された清朝活字を嫌った。それは、清朝活字があまりにすがすがと明瞭で歪みなく、どこにもグロテスクな美を見出せ得ない字体だったからだろう。乱歩がその反対に愛した四号活字は、真っ黒に誌面を這いずる虫の如く、グロテスクな美観を幼い乱歩に印象づけたのかもしれない。そして、そのグロテスクな美は、旧時代と近代のアンバランスな折衷——否、折衷ではなく、それはたしかに〈唐突な遭遇〉としか言えない類の出会いにこそあった。乱歩は名古屋という土地で、幼い感性に強烈な衝撃としてそれを体感したのではなかったか。

旭遊郭が移転し、都市の繁栄から見捨てられた大須は、まさにモダニズム都市となった名古屋の中にあってアンバランスな存在だったがゆえに、乱歩に好まれた。大須ホテルで失われてしまった『押絵と旅する男』オリジナルバージョンには、或いはもしかしたら、名古屋がどこかで登場していたかもしれない。

江戸川乱歩　略年譜

年号	江戸川乱歩	名古屋関連／日本・世界の出来事（ゴチック表示）
一七六七年（明和四）		大惣が貸本屋業を開始する。
一八四七年（弘化四）		奥田正香、現・名古屋市千種区に生まれる。
一八六八年（明治元）		青松葉事件、起こる。
一八六九年（明治二）		乱歩の祖父・平井陳就、藤堂家の民政会計主事・内務会計主事となる。翌三年に藤堂家家扶。
		坪内逍遥、名古屋に移転。大惣にて貸本を漁る。
一八七一年（明治四）		二葉亭四迷、名古屋洋学校に入学。東海地方初の新聞「名古屋新聞」創刊。名古屋博覧会開催。
一八七二年（明治五）		東京お茶の水での博覧会に名古屋から金鯱が出品され、呼び物となる。
一八七三年（明治六）		ウィーンの万国博覧会に金鯱が出品される。
一八七六年（明治九）		名古屋大須観音裏に旭遊郭の設置を免許。

一八七八年（明治一一）　愛知県官設博覧会が大須にて開催。

一八八一年（明治一四）　名古屋商法会議所、設立。愛知紡績所開業。

一八八五年（明治一八）　名古屋紡績、誕生。

一八八六年（明治一九）　三重紡績、誕生。奥田正香が参画。武豊線、開通。笹島停車場（名古屋停車場の前身）、設置。

一八八七年（明治二〇）　尾張紡績を奥田正香が設立。

一八八九年（明治二二）　東海道線、開通。名古屋が市に制定される。

一八九〇年（明治二三）　名古屋商業会議所、設立。

一八九一年（明治二四）　濃尾地震。

一八九三年（明治二六）　名古屋市の人口急増。

一八九四年（明治二七）　10月21日、三重県名賀郡名張町に生まれる。父・平井繁男、母・きくの長男。生後ほどなく、父の転勤に伴い同県亀山町に移住。日清戦争、勃発。豊田佐吉が織機の特許権獲得。

一八九五年（明治二八）　名古屋地方における洋式建物の嚆矢として名古屋ホテル建設。全国商業会議所連合会開催。

一八九六年（明治二九）　名古屋銀行、愛知銀行、明治銀行の設立。福沢諭吉来名。熱田湾築港。

一八九七年（明治三〇）　繁男、東海紡績同盟会名古屋支部書記長とな　熱田町・御器所・八幡村方面に電灯。

り、家族とともに名古屋市園井町に転居。
大惣、廃業。御園座、完成。

一八九九年（明治三二）
伊藤博文来名。

一九〇一年（明治三四）　名古屋白川尋常小学校入学。
広小路通の改修、完成。これが名古屋市の代表的道路工事の最初となる。凧揚げの流行。

一九〇二年（明治三五）　「大阪毎日新聞」掲載の菊池幽芳『秘中の秘』に夢中になり、探偵ものに興味を持つ。
小杉天外『魔風恋風』で自転車に乗る女学生風俗が流行。

一九〇三年（明治三六）
旭遊郭が大火。浪越公園に「花やしき」と称する東京団子坂菊人形を模した菊花園が開く。

一九〇五年（明治三八）　名古屋市立第三高等小学校入学。蒟蒻版や謄写版で雑誌を友人たちと作り始める。

一九〇六年（明治三九）
全国鉄道五千マイル大祝賀会が名古屋別院で開催。
鈴木禎次、名古屋工業高等学校教授に着任。

一九〇七年（明治四〇）　愛知県立第五中学入学。夏期休暇に海水浴で行った熱海で、黒岩涙香『幽霊塔』に耽溺。
愛知県立第五中学、創立。豊田織機株式会社設立。金融恐慌。名古屋港の開港祝賀。

一九〇八年（明治四一）　繁男が名古屋市伊勢町に平井商店を開業。家計に余裕ができ、繁男から貰った小遣いで活字を買い込み、いよいよ雑誌作りに熱中する。
第八高等学校の愛知県設置が確定。それに伴い、第五中学、瑞穂区へ移転。上下水道敷設。

支那密航を企て五日間の停学。この頃、御園座で「ジゴマ」鑑賞。

一九〇九年（明治四二）　この頃、中学で男子生徒とプラトニックな同性愛を経験する。　株式会社いとう呉服店（現松坂屋）が新店舗で営業開始。

一九一〇年（明治四三）　第10回関西府県連合共進会が鶴舞公園で開催。

一九一二年（明治四五）　3月に中学を卒業するも、繁男が事業に失敗し、第八高等学校進学を諦める。6月に家族で朝鮮へ移住。しかし学問への夢断ち切れず、単身帰国。9月、早稲田大学予科編入。　東京の大日本フィルム機械製造株式会社発起人に、名古屋から奥田正香らが加入。

一九一三年（大正二）　牛込区喜久井町借家に母方の祖母と同居。9月、早稲田大学政治経済学科進学。この間、資金不足で「帝国少年新聞」発刊企画を断念。　旭遊郭、大火。

一九一四年（大正三）　肉筆回覧雑誌「白虹」を発行。同郷の代議士・川崎克の雑誌「自治新聞」編集を手伝う。　第一次世界大戦、勃発。名古屋初の鉄筋構造である共同火災保険会社一九一五年（大正四）　早稲田大学図書館で英文学の探偵小説を耽読。ポーやドイルを知る。
牛込区の借家に朝鮮から帰国した繁男が同居。手製単行本『奇譚』創作。
初の探偵小説執筆『火縄銃』を「冒険世界」に送るも、不採用。

名古屋支店竣工。電車焼打騒動。
名古屋の乗合自動車開始。名古屋市主催の御大礼奉祝会祝賀式開催。

一九一六年（大正五）　早稲田大学卒業。川崎克の世話で大阪貿易商加藤洋行に就職。一年で辞職、以降職転々。

吉田禄在、没。コレラ、ペスト発生。

一九一七年（大正六）　放浪生活が続く。その間、伊豆伊東温泉で谷崎潤一郎『金色の死』を読む。

名古屋へシーリンク印刷機が移入。転写印刷確立。名古屋市内における犯罪件数増加。

一九一八年（大正七）　大阪の繁男の家に同居。『火星の運河』執筆。
三重県鳥羽町にて鈴木商店鳥羽造船所に前年末から就職。社内誌「日和」編集。
鳥羽お伽会を組織し、村山隆子（のちの乱歩夫人）と知り合う。

名古屋衛生博覧会開催。米騒動勃発。名古屋市区改正開始。

一九一九年（大正八）　鳥羽造船所を辞職。本郷区駒込団子坂に古本屋「三人書房」を開店。
「東京パック」の編集に携わる。浅草オペラ後援会を組織し、田谷力三を応援。

旭遊郭が中村区へ移転。
郵便物収集に初めて自転車が採用される。

村山隆子と結婚。

一九二〇年（大正九） 東京市役所社会局に就職、半年で辞職。「三人書房」閉店、大阪時事新報社記者となる。

葉山嘉樹、名古屋セメント会社工務係に就職。翌年、馘首。「名古屋新聞」社会部記者となる。探偵小説専門誌「新青年」創刊。

一九二一年（大正一〇） 長男隆太郎、生まれる。甲賀三郎のいた日本工人倶楽部に書記長として招かれ上京。

奥田正香、没。

一九二二年（大正一一） ポマード製造所の支配人となるが、不況で閉鎖。大阪市守口町に移る。『二銭銅貨』『一枚の切符』を脱稿。馬場孤蝶に送ったが返事が来ず、「新青年」に送る。堂島の大橋弁護士事務所で働く。

電車の名古屋市営開始。

一九二三年（大正一二） 『二銭銅貨』によって、「新青年」誌上で小酒井不木推薦でデビュー。門真村に転居、大阪毎日新聞社広告部に就職。

関東大震災。浅草十二階が崩壊。名古屋の広小路通りに日本初の街路照明。

一九二四年（大正一三） 大阪市守口町に転居、作家専業を決意して大阪毎日新聞社を辞職。繁男が喉頭癌にかかり、同居。

三重県にて世界初の無線電話の実用化。

一九二五年（大正一四） 『D坂の殺人事件』、『心理試験』等、続々執筆。明智小五郎誕生。

一九二六年（大正一五）　7月、第一創作集『心理試験』刊行。9月、繁男死去。10月、「大衆文芸」同人となる。一家で東京牛込区筑土八幡町に転居。森下雨村にはからって、横溝正史を博文館に入社させる。

平野謙、第八高等学校に入学。渡辺霞亭、没。鈴木バイオリン、ドイツで高く評価される。

一九二七年（昭和二）　東西の「朝日新聞」に『一寸法師』を連載。スランプに陥る。休筆宣言をし、各地を放浪。小酒井不木の気遣いで、合作組合耽綺社に参加。名古屋で追ってきた横溝正史に捕まり、『押絵と旅する男』草稿を大須ホテルの便所に流す。

横溝正史が「新青年」編集長となり、誌面がモダン化される。

一九二八年（昭和三）　扁桃腺手術を受ける。セルフパロディを扱った『陰獣』が評判となる。

一九二九年（昭和四）　小酒井不木死去。随筆集『悪人志願』刊行。傑作『押絵と旅する男』『孤島の鬼』を経て、「講談倶楽部」に通俗長篇『蜘蛛男』連載。

一九三〇年（昭和五）　『蜘蛛男』刊行、ベストセラーになり、知名度上がる。『猟奇の果』発表。

一九三一年（昭和六）　平凡社から個人全集全13巻が刊行される。　浅草が衰微し始める。満州事変、勃発。

一九三二年（昭和七）　岩田準一と交際。二度目の休筆宣言。

一九三三年（昭和八）　　国際連盟脱退。独でヒトラー政権、成立。

一九三四年（昭和九）　東京麻布区の張ホテルに長期滞在後、池袋に転居。以後、ここが終焉の土地となる。

一九三六年（昭和一一）　少年物の傑作『怪人二十面相』を「少年倶楽部」に連載。

夢野久作死去。

一九三七年（昭和一二）　甲賀三郎・木々高太郎の探偵小説芸術論争。　国家総動員法施行。

一九三九年（昭和一四）　『芋虫』が発禁。隠栖を決意。

一九四一年（昭和一六）　旧作はすべて絶版となる。　内閣情報局、執筆禁止者リストを提示。

一九四三年（昭和一八）　名古屋在の探偵小説研究家・井上良夫と知り合い、手紙にて探偵小説論を交わしあう。

一九四四年（昭和一九）　　B29、東京を空襲。

一九四五年（昭和二〇）　終戦の詔勅を疎開先の福島で聞く。11月に帰京。池袋の家は空襲のさなか焼け残っていた。　広島、長崎に原子爆弾投下。日本無条件降伏。終戦。

一九四六年（昭和二一）　探偵小説復興。雑誌が次々と創刊される。のちの探偵作家クラブ前身である土曜会を開催。　天皇、人間宣言。ＧＨＱによる軍国主義者の公職追放。

新選挙法による総選挙（婦人参政）。

一九四七年（昭和二二）	木々高太郎と論争、「一人の芭蕉の問題」を提示。探偵作家クラブ結成、初代会長となる。探偵小説復興のため、横溝正史と関西講演旅行。	日本国憲法施行。
一九四八年（昭和二三）		極東軍事裁判判決、東条英機ら七名絞首刑。
一九四九年（昭和二四）	少年物『青銅の魔人』で創作開始。	湯川秀樹、ノーベル賞受賞。
一九五〇年（昭和二五）		朝鮮戦争開始。レッド＝パージ始まる。
一九五一年（昭和二六）	評論集『幻影城』刊行。	日米安全保障条約調印。朝鮮戦争休戦。
一九五二年（昭和二七）	『幻影城』により第5回探偵作家クラブ賞を受賞。クラブ会長の座を大下宇陀児に譲る。生誕地の名張を初訪問。	
一九五三年（昭和二八）		ＮＨＫ、テレビ放送を開始。
一九五四年（昭和二九）	少年物がラジオ化、映画化される。江戸川乱歩賞の制定。	第五福竜丸、ビキニで死の灰をかむる。
一九五五年（昭和三〇）	名張市に生誕碑建立。	
一九五六年（昭和三一）		国連日本加盟を可決。
一九五七年（昭和三二）	探偵小説雑誌「宝石」の立直しのため、編集を自ら請け負う。仁木悦子、乱歩賞でデビュー。	

一九五九年（昭和三四）『ぺてん師と空気男』執筆、少年物以外での最後の長篇。　皇太子結婚。

一九六〇年（昭和三五）『指』発表、少年物以外の最後の創作作品。蓄膿症再手術。

一九六一年（昭和三六）『探偵小説四十年』刊行、桃源社より全集全18巻を刊行。紫綬褒章を受章。

一九六二年（昭和三七）最後の少年物、『超人ニコラ』を発表。

一九六三年（昭和三八）パーキンソン氏病悪化。社団法人日本推理作家協会認可、初代理事長就任。　ケネディ大統領暗殺。

一九六五年（昭和四〇）脳出血にて死去。享年70。正五位勲三等瑞宝章追贈。推理作家協会葬。

あとがき

乱歩と名古屋――まだまだ語り足りない、否、まだまだ検討余地が多大に残るテーマであったが、実におもしろいアプローチだった。今回、本書を執筆するために、改めて乱歩の作品に名古屋がどれだけ出てくるか、試しに調べてみたら、これがまたほとんど出てこない。改めて調べ直すまでもなく、私の読書の記憶でも乱歩作品に名古屋が出てきた覚えはほとんどなかった。〈乱歩と名古屋〉というテーマが、作家論としても作品論としても、かなり困難だったのは、端的にそこが問題だったのだとも言える。

そんななかで、名古屋が唯一と言ってもいいほど、かなり大々的に取り上げられた作品が、本論でも引用した『猟奇の果』である。さて、いささか本論の主旨とは離れるが、実は、この『猟奇の果』は、私の選ぶ乱歩作品ベストリストの上位に入る作品でもある。

ところが悲しいことに、こんなふうに言うと、たちまち見識を疑われる向きもあるほど、『猟奇の果』はあまり評判が芳しくない小説だ。批判される理由その一は、何より前半と後半で、大きく物語が分断されてしまって、とくに後半は明智小五郎登場により、通俗ドタバタ劇のワンパターン的展開になっている点だ。また、そうして後半がドタバタ劇になるのも大目にみるとしても、もう少し前半との繋がりをスムーズにできなかったのかというのが理由その二である。

これらの批判される理由は、私にもよくわかる。あえて反論はしないけれど、私にはその〈分断された物語〉という現象自体がおもしろいのだ。いったいなぜ、こんな破天荒な構成になったのか？ ならざるをえなかったのか？

その時、私の頭に閃いたのは、この物語の構成を破壊した張本人こそが、ほかならぬ明智小五郎であるという確信だった。明智小五郎が『猟奇の果』という物語を、木っ端微塵に吹き飛ばしてしまったのだ——しかして、どうやって？ その手段こそが、実は本論で展開したように、〈一つの都市の記憶を消去する〉という明智に課せられた任務（と言ってしまおうか）だったのである。

といった分析については、本論を読んでいただくことにして、それでは明智小五郎を探偵ならぬ〈物語の破壊者〉としてとらえて読む場合、私なりに乱歩作品ベストスリーに挙げられる作品を以下に紹介してみたいと思う。

1 『パノラマ島奇談』（大正十五年十月〜昭和二年四月「新青年」）

いまさらながらの有名作であるが、「この作品には明智は登場しないよ」とコメントが来るかもしれない。あにはからんや、しかし、この作品に登場する北見小五郎という人物、彼はもうほとんど明智小五郎と同義である（或いは変名）。という見解で、この小説を結末まで読むと、いったいこの北見小五郎とは何をしにパノラマ島までやってきたのかと問わざるをえない。

もちろん、菰田千代子を殺した犯人を割り出しに来たのであろうが、おそらくはこの北見小五郎、島にやってくる前から犯人は人見広介であると目星を付けていたに相違なく、本当のところに彼の目的は、千代子の死体の発見だったのだろう。

そして、千代子の死体を発見するために、北見はコンクリートの柱を破壊する。破壊されたコンクリートの中から、埋められた千代子の死体が覗く。つまり、北見の目的とは、コンクリートという材質から導き出せる〈建材を破壊するという行為〉そのものであるわけで、この行為を敷衍すれば、北見とは、パノラマ島破壊者としてやって来た男にほかならない。彼がまず破壊するのは、島の秩序や掟といった精神的支柱ではないところが、実に乱歩的なのだ。北見は、物質的に島を壊すのである。パノラマ島は、たしかに夢の島、妄想のパラダイスではあるが、先行するE・A・ポーや谷崎潤一郎の作品と比較して、パノラマ島の幻想ワールドは非常に物質性を帯びているのが特徴だ。一言で言ってしまうと、使用されている建材や人材がいかにもチープなのだ。人工的なのだ。そして、このチープ性ゆえに、パノラマ島は北見の一撃であっさり壊されてしまうのだ。

最後には、パノラマ島建設者の身体までもが、バラバラ死体という物質性《マテリアル》そのもので落下してきて幕切れとなる。花火のように打ち上げられて、細切れに降ってくる手足、肉体、それはなんと滑稽なほどマネキン化した幻想であるか。が、そのマネキン化された身体こそが、当時のモダニズム文化の基盤を支える時代の欲求であり、これほどみごとに時代の欲望するところのものを描きえた作品は類を見ない。

2 『黄金仮面』（昭和五年九月〜六年十月「キング」）

かつて都築道夫が、乱歩の面前でこの作品を褒めて、乱歩に敬遠されたという、いわくつきの作品である。通俗長篇そのものである。が、通俗であるということが、なんら非難の対象にはならないところが、乱歩作品の頼もしいところであるのだ。ちなみに、私は都築道夫ではないが、この作品が非常に好きである。

『パノラマ島奇談』からの続きで言えば、この作品も徹頭徹尾、物質性賛歌の物語である。まず第一に、その犯人が付ける黄金の仮面——これぞ物質以外の何ものでもない、なんという即物感覚か。挿絵の力も相俟って、この黄金の仮面は、チープなお面となって実際に大都市東京に散布された。子どもたちは争ってこのお面を木の葉で作り、黄金仮面ごっこに勤しんだともいう。究極のコスプレーションの威力を、昭和初年当時において乱歩作品は大衆に与えたのだ。コスプレの原理は、生身の肉体で幻想を即物化する点にある。

　この作品には、今度は正真正銘明智小五郎が登場する。では、彼は、何をどうやって物語を物質的に破壊したか？

　言わずもがな、賊のアジトに使われた、よりによっての鎌倉大仏の大爆破である。もちろんこれは、元はモーリス・ルブランの『奇岩城』（『黄金仮面』作中では『うつろの針』として紹介されている）の翻案であるから、乱歩の固有の幻想とは言えない。しかし、ルブランの奇岩城は爆破はされないし、何より天然の要塞だ。引き比べて鎌倉大仏は、まがうことなき人工物の傑作であり、奇岩城に比較すれば、その物質性は明らかだ。しかも、内部はこれまたコンクリート製ときている。

　明智は賊を追って大仏の内部へ入り、結局それが引き金となって、異国人である賊の手で、この由緒ある大仏は爆破されてしまうわけで、爆破された後には、明智（実は身代わり）の人体から外れた長靴（つまり、切り離された足の隠喩）が転がっているという、乱歩の徹底した即物感性には脱帽するほかない。明智は、いわば文化財保護の観念さえ蹴破って、物語をエスカレートさせる破壊者として活躍しているのだ。

3 『青銅の魔人』（昭和二十四年一月〜十二月「少年」）

戦後第一作という、貴重な位置に相当する作品である。ちなみに、乱歩全作品のうちでも屈指の名作であると、私は解釈している。

それはさておき、この作品の物質性及び即物感覚は、冒頭に表れる。戦後、焼け野原になった東京は銀座の交番のたもと。人っ子一人いない真夜中、月光の下で冷たく光る電車のレールの描写、そしてそこに時計のゼンマイの音をきしませて現れる青銅の魔人の青白い姿。なんという冷徹で美しい情景であろうか。同じく徹頭徹尾即物感覚で描きながら、この作品の冒頭は、戦前の乱歩作品の特徴であった愛すべきチープさを払拭《ふっしょく》している。その要因は、コンクリートではなく、鉄や青銅という素材を用いた効果であろうか。

それもあるだろう。しかし、単にそれだけではない。この作品の澄明さは、やがて魔人が盗もうと謀る〈夜光の時計〉に象徴されている。夜光という手にはとらえがたいもの、それに結び合わされた時計という人工物。この二つに、時を刻むという観念性が加わって、得も言われぬ幻想美が完成したのだ。

この美しい即物幻想美は、これまでの明智登場作品には見られがたいほど完成したものである。初期短篇に分類される『目羅博士』の世界に、あと一歩で迫りそうな、しかしきちんと通俗物の勘所を忘れはしない、巧みな演出であると言えよう。

これほどの完璧な即物幻想美を、明智小五郎は破壊することが果たしてできたのであろうか？

この困難を乗り越えるために明智が取った手段というのは、その推理の結論――すなわち、「青銅の魔人は青銅製ではなくて、実はゴム人形でした」という解釈である。青銅の冷たい堅い肌触りが、一瞬にしてヘナヘナとした布状に変じる。そこには、高貴さすら漂わせた金属の厳とした存在感から、柔らかく柔軟で意思の力を匂わせない希薄な存在感への、価値変動が見られるのだ。かくして、即物幻想美はまたもや高みからチープな地点にまで貶められる。

しかし、物語は最後の最後で、明智に抵抗を見せた。ゴム人形であることが判明した青銅の魔人は、乗ったボートごと追撃され、そのボートの爆発によって共に散るのである。ゴム人形では爆発、すなわち即物感覚のエクスタシーにまで到達することは不可能――ならば、快速船ボートに乗り込み、ボートごと爆発することで昇天するのである。

とはいえ、怪人二十面相は明智小五郎本人であるとの説もある。この説が、もし妥当性をもつとしたら、青銅の魔人の最期もまた、明智の謀った物語の破壊行動であるかもしれない。

近代都市を駆けめぐりつつ、片っ端からその都市のマテリアルを破壊して歩くかのような名探偵・明智小五郎――その姿は、近代／前近代の接続と断絶の境目で、都市文明のグロテスクな衝突に郷愁の源を持つ乱歩自身の感性の形成と深く関わっている。

日本における都市の近代化を目指した明治の終焉と軌を一にして、乱歩は家族とともにいったん名古屋を去った。やがて探偵小説家として一本立ちし、アンバランスなモダニズムの美を活字を通して表現する術を身につけた乱歩は、小酒井不木、国枝史郎、井上良夫、岡戸武平といった名古屋圏の探偵小説仲間と落ち合い、再びこの地を踏む。このあたりの名古屋探偵小説圏との関わりについては、先行研究も幾つか存在し、また稿を改めて考察したい。

その後、戦時下を挟んで、乱歩は昭和二十二年、母校の五中から創立四十周年記念講演会に呼ばれたのを機に、戦後探偵小説勃興の機運のため関西行脚の講演旅行を名古屋から始めた。この講演旅行は、名古屋から神戸、岡山、京都、伊勢に渡る、かなり大規模なもので、各地の探偵小説愛好家を中心に様々な人脈・メディアを通じて戦後探偵小説の宣伝をなしたという点で意義の大きいものである。この年の四月に探偵小説雑誌「新探偵小説」を発行し始めていた名古屋は、乱歩の訪問講演に刺激されて、十二月に岡戸武平を中心にして東海探偵作家クラブが誕生した。そして、こうした戦後の動きから現代に至るまで、名古屋は実は探偵小説作家を幾多生み出す土地として作用している。

本書では、明治の名古屋と乱歩の関係をモダニズム形成期の視点から読み解いていったが、都市の起爆剤・明智小五郎のシルエットは、戦後の名古屋復興の都市再建にまで長く尾を引いている可能性を指摘して、今回はここで筆をおこうと思う。

最後に——本書の執筆にあたっては、名古屋における郷土史家の方々の先行研究に多くの示唆を与えられた。また、遅筆な私を終始見守って励ましてくれた風媒社編集部の林桂吾氏には、ひとかたならずお世話になった。ここに深く感謝申し上げたい。

［著者紹介］
小松史生子（こまつ・しょうこ）
1972年生まれ。東京大学大学院総合文化研究科言語情報科学専攻博士後期課程修了。現在、金城学院大学文学部日本語日本文化学科助教授。専攻は日本近代文学。
著書に、『探偵小説と日本近代』（共著、青弓社、2004年）、『子不語の夢 江戸川乱歩小酒井不木往復書簡集』（共著、皓星社、2004年）などがある。

東海 風の道文庫 2
乱歩と名古屋　地方都市モダニズムと探偵小説原風景

2007年5月7日　第1刷発行　（定価はカバーに表示してあります）

著　者　小松　史生子
発行者　稲垣　喜代志

発行所　名古屋市中区上前津 2-9-14　久野ビル
振替 00880-5-5616　電話 052-331-0008
http://www.fubaisha.com/
風媒社

乱丁・落丁本はお取り替えいたします。
ISBN978-4-8331-0622-1
＊印刷・製本／モリモト印刷